W0299186

LES CONTES
INTERDITS

BARBE BLEUE

LES CONTES
INTERDITS

BARBE
BLEUE

STEVE LAFLAMME

ADA
ÉDITIONS

Avertissement :

Cette histoire est une œuvre de fiction. Toute ressemblance avec des gens, des événements existants ou ayant existé est totalement fortuite.

Copyright © 2021 Steve Laflamme
Copyright © 2021 Éditions AdA Inc.
Tous droits réservés. Aucune partie de ce livre ne peut être reproduite sous quelque forme que ce soit sans la permission écrite de l'éditeur, sauf dans le cas d'une critique littéraire.

Éditeur : François Doucet
Révision éditoriale : Simon Rousseau
Révision linguistique : Marie-Thérèse Dumont
Conception de la couverture : Mathieu C. Dandurand
Photos de la couverture : © Getty images
Mise en pages : Catherine Bélisle

ISBN papier : 978-2-89808-744-8
ISBN PDF numérique : 978-2-89808-745-5
ISBN ePub : 978-2-89808-746-2

Première impression : 2021
Dépôt légal : 2021
Bibliothèque et Archives nationales du Québec
Bibliothèque et Archives Canada

Éditions AdA Inc.
1471, boul. Lionel-Boulet, suite 29
Varennes (Québec) J3X 1P7, Canada
www.ada-inc.com
info@ada-inc.com

Imprimé au Canada

Catalogage avant publication de Bibliothèque et Archives nationales du Québec et Bibliothèque et Archives Canada

Titre : Barbe bleue / Steve Laflamme.
Noms : Laflamme, Steve, 1974- auteur.
Collections : Contes interdits.
Description : Mention de collection : Les contes interdits
Identifiants : Canadiana (livre imprimé) 20210043261 | Canadiana (livre numérique) 2021004327X | ISBN 9782898087448 | ISBN 9782898087455 (PDF) | ISBN 9782898087462 (EPUB)
Classification : LCC PS8623.L35823 B37 2021 | CDD C843/.6—dc23

Je souhaite dédier ce roman aux lectrices et aux lecteurs
du groupe Facebook *Les lecteurs de romans Noir/Horreur/Policier.*
Voici d'extraordinaires ambassadrices et ambassadeurs
des littératures québécoises de genre. Puissent-ils trouver
dans ce livre de quoi satisfaire leurs ténébreuses envies.
C'est à elles et à eux que j'ai pensé en rédigeant ce roman.

« Quand on ôtait le sang d'un côté, il revenait de l'autre. »
Charles Perrault, *La Barbe bleue*

« Les blessures créent les monstres. Et vous êtes blessé. »
Dennis Lehane, *Shutter Island*

Une vieille croyance s'entête à traverser les âges, selon laquelle, si on révulse les yeux juste assez longtemps, dans des conditions optimales, on peut réussir à voir, ne serait-ce que furtivement, le vrai visage du Mal. Une telle apparition aurait d'ailleurs coûté l'équilibre mental à plusieurs hommes et femmes au fil des siècles. Fort heureusement, la plupart d'entre nous ne connaîtrons jamais ces conditions optimales.

Ce n'est pas le cas des personnages de ce roman.

PARTIE I

Toute la nuit à se faire des malices

1

7 juillet 2021

Les gens savaient peu de choses de Simeón Kovač, hormis qu'il purgeait une peine à perpétuité pour avoir assassiné de sang-froid son avocat en lui déchiquetant la gorge avec ses dents avant de lui ouvrir l'abdomen pour l'éviscérer. L'homme s'était vidé jusqu'à son ultime battement de cœur et, à l'arrivée des policiers, Kovač habitait toujours la scène de son propre crime. On l'avait trouvé, tournant le dos au macchabée, le visage maculé de sang, finissant de mâchouiller un des organes internes du martyre. Il avait récupéré les boyaux de sa victime et les portait autour de son cou comme un premier prix.

Le procès avait été court ; la sentence, très longue. Simeón Kovač allait payer pour la douleur qu'il avait infligée. On l'avait confiné à l'institut Baquard, une construction de pierre, munie d'une tourelle et datant du régime seigneurial. Le plaisir unique de Kovač était vite devenu de rêvasser au sommet de sa geôle et de balayer le lointain de toutes ces envies qu'il ne saurait plus combler.

Je l'ai rencontré pour la première fois plus de deux ans après son incarcération. Son histoire m'obsédait depuis longtemps, et je crois bien pouvoir dire que si quelqu'un était en mesure, sinon de le faire parler, au moins de percer à jour ses sombres desseins, c'était moi.

C'était toutefois une autre moi, celle qui n'était pas encore abîmée par l'histoire de Kovač. Pour cela, j'aimerais penser que je n'ai que moi-même à blâmer.

Ce serait si simple.

• • •

Il m'était arrivé quelquefois de passer devant les sinistres constructions qui composent l'institut Baquard, un assemblage de bâtiments de pierre crépie dont la blancheur essaie d'obnubiler les horreurs qui se cachent entre ses murs. Érigé dès 1734, le pavillon principal est un rectangle austère pourvu d'un toit à croupes que l'on voit poindre de loin sur le chemin Royal, comme un avertissement à travers les feuillages. Les seize fenêtres à carreaux qui pourvoient la façade d'yeux indiscrets ont jadis éclairé les âmes nobles de voyageurs ayant, depuis la chute de la féodalité au milieu du XIXe siècle, laissé leur place à d'autres âmes – tourmentées et confinées en permanence à Baquard, celles-là.

C'est à Louis-Martin Baquard, seigneur établi dans la paroisse Saint-Pierre de l'île d'Orléans, que la Capitale-Nationale doit l'érection de ce bâtiment impressionnant. À sa mort, Baquard laissait un testament dans lequel il léguait à l'État sa construction afin qu'elle serve les intérêts de la colonie. Il faut attendre le milieu du XXe siècle pour que le lieu historique soit converti en établissement psychiatrique à haute surveillance, surtout en raison du nombre important d'hommes revenus en situation de choc post-traumatique de la Seconde Guerre mondiale. L'agrandissement du pavillon central, pendant la Révolution tranquille, aura permis d'accueillir une soixantaine de cas considérés comme lourds ; des cas alliant à la fois détresse, malveillance, démence... et méfaits criminels d'envergure.

Voilà pourquoi, lors de la réfection marquant les 230 ans du bâtiment, on a profité de l'occasion (et des subsides gouvernementaux) pour restaurer la tourelle qui a fait la gloire esthétique de la construction. Si, en effet, du côté est, la chapelle annexée au pavillon central rassure les prisonniers désireux de se confier aux bons soins de Dieu, le côté ouest, lui, semble accuser les cieux en jetant, sur une hauteur de vingt mètres, une tourelle massive coiffée d'un pignon que d'aucuns trouveraient joli, presque délicat.

C'est au sommet de cette tour que croupissait Simeón Kovač depuis le verdict du jury, tombé comme un couperet un an plus tôt. Baquard procédait selon une philosophie campée à mi-chemin entre celle de l'hôpital psychiatrique, vouée à soigner, et celle de la prison, froide, résolue à punir. Ainsi Kovač était-il confiné dans une cellule du dernier étage de la tourelle, contrôlé par une médication qui paraissait le calmer, et apaisé par la vue sur le paysage rural de l'île d'Orléans. Sa geôle, bien qu'elle en fût une, adoptait les atours d'une chambre avec vue.

J'ai mis mon téléphone en mode avion : s'il y avait un moment dans mon existence où personne ne devait tenter de communiquer avec moi, c'était bien lors de l'entrevue que je convoitais depuis des mois avec Kovač. J'ai contemplé l'édifice chargé d'histoire et dont les pièces avaient vu et entendu des choses qui auraient fait l'envie de tous les rédacteurs de *La tête à l'épreuve*, la revue d'études psychologiques qui m'avait employée par le passé. La lourde porte à imposte du pavillon central s'est ouverte comme une gueule prête à m'avaler. Ou comme un accès à des vérités exclusives disposées à ravir ma plume. Tout est question de perspective.

Un gardien s'est avancé vers moi, l'air peu aimable.

– Madame Tellier, j'imagine ? m'a-t-il demandé.

Une matraque était chevillée à sa ceinture et ne cadrait pas avec l'image qu'il projetait : si on tirait vers le haut ses bajoues et fouillait dans les nombreux replis de ses mentons, on pouvait sans doute trouver le moyen de lui accrocher le sourire que ses yeux mouraient d'envie de vous faire voir. Les faux-semblants : le genre de détail que je savais déceler dès l'abord. Je n'avais pas gravi les échelons du journalisme d'enquête par hasard.

– Moi-même, ai-je répondu. J'ai rendez-vous à…

– Je sais, m'a interrompue le gardien. Monsieur Courval aimerait vous rencontrer en privé avant votre visite.

Le directeur de Baquard, Julien Courval, avait consenti à contrecœur à ma demande d'entrevue avec Simeón Kovač. Depuis six mois, j'écrivais à Kovač chaque semaine, peut-être dans l'objectif inconscient de développer chez lui des attentes pavloviennes, mais surtout avec pour visée de lui faire comprendre que je n'étais pas une admiratrice comme celles qui gavaient sa boîte de courrier. Ma carte cachée ? L'indifférence ou presque. J'avais laissé croire à Kovač que si ce n'était pas lui que je rencontrais, ce serait quelqu'un d'autre. Les pages du livre que j'allais écrire lui étaient promises, s'il acceptait que je vienne le rencontrer, mais je lui avais indiqué qu'Anyk Létourneau, mon éditrice, attendait un livre-choc… avec ou sans Kovač comme protagoniste.

– Madame Tellier ! a clamé une voix haut perchée au bout du corridor qui me faisait face.

À contrejour, la silhouette qui s'avançait vers moi était difficile à cerner, mais la voix, elle, restait tout à fait caractéristique. Comme chaque fois qu'il s'était adressé à moi, Julien Courval faisait preuve d'un enthousiasme qui contrastait brutalement avec l'austérité et la sobriété de l'institution qu'il dirigeait. J'imagine que c'était sa façon d'affronter la grisaille d'une carrière consacrée à côtoyer la violence et l'obscénité, sous les traits d'individus qu'on répugnerait à considérer comme humains, mais à qui lui, à titre de directeur, devait respect et obligeance, malgré la rigidité du rôle auquel il était astreint.

Son parfum musqué s'est rendu jusqu'à moi avant lui, et j'ai secrètement espéré que Courval travaille assez fort en ces murs pour en suer la moindre goutte, afin qu'il ne reste plus rien de cette odeur de vieille dame lorsqu'il retrouvait son compagnon de vie, à la fin de la journée.

– Madame Tellier, a-t-il répété, comme s'il devait m'aider à mémoriser mon propre nom, je suis à vous!

– Un plaisir de vous rencontrer, monsieur Courval.

Courval m'a entraînée dans son bureau – une pièce plutôt exiguë, toute en modestie pour une alcôve de directeur. Limpidité, célérité, bienveillance : au terme de dix minutes qui m'ont convaincue que Julien Courval comptait me laisser travailler à ma guise, j'ai signé quelques papiers que, je dois l'avouer, j'ai parcourus en diagonale. On m'a ensuite délestée de mes effets personnels, exception faite d'un stylo et de mon calepin. Puis Courval a ouvert la porte libérant l'accès vers la tourelle.

– Venez.

Une fois dans le couloir, je les ai sentis.

Les papillons dans l'estomac. Le trac avant d'entrer en scène.

• • •

Cent vingt.

Je les ai comptées une par une, me persuadant qu'il s'agissait d'une vilaine blague : douze escaliers de dix marches chacun. L'étroitesse de la tourelle ne permettait qu'un ascenseur trop exigu pour que le directeur Courval ait envie d'autant de promiscuité.

– Monsieur Kovač est un solitaire, m'a confié Courval. Il ne reçoit aucune visite. Jamais. Je crois d'ailleurs qu'il n'en veut pas. Je suis assez étonné qu'il ait accepté de vous voir.

Nous n'étions qu'au troisième et je haletais déjà, tandis que Courval ne paraissait fournir aucun effort. Ou bien le directeur avait l'habitude de grimper les escaliers de la tourelle, ou bien il pratiquait d'autres activités sportives que le léchage de bottines qui l'avait fait me complimenter sur mes articles – qu'il affirmait avoir lus – ainsi que sur la crédibilité de *La tête à l'épreuve,* un périodique « qui ne pouvait que s'avérer sérieux et de forte réputation, en cette ère où les magazines papier et les journaux règnent moins longtemps que les chefs d'État ». Je me suis abstenue de lui apprendre que le magazine qui m'avait jadis employée n'était pour rien dans mon initiative de rencontrer Kovač. Pour dire vrai, j'étais partie en mauvais termes avec le rédacteur en chef, qui m'avait accusée d'égocentrisme et de carriérisme parce que je préférais consacrer l'histoire de Simeón Kovač à un livre qui se hisserait dans le palmarès des meilleurs vendeurs en librairies plutôt que dans les pages centrales d'une revue agonisante, qui, d'un numéro à l'autre, s'étonnait de survivre et, il fallait l'admettre, dans laquelle mon nom se noyait parmi ceux de tous les autres collaborateurs.

Courval a enchaîné avant que je trouve quoi répondre : « Marcel sera juste de l'autre côté de la porte. » Je me suis retournée pour constater que le gardien à l'air faussement bourru qui m'avait accueillie à l'entrée nous suivait.

Tout en haut de la tourelle, Courval s'est arrêté.

– Madame Tellier... Soyez assurée que l'institut Baquard traite ses résidents avec respect et dignité. Mais on ne peut malheureusement pas dire que la réciproque soit vraie de la part de nos résidents...

– Je vous rassure : monsieur Kovač n'est pas le premier forcené auquel je me frotte. Et je suis une assez grande fille pour savoir que le plus élégant des cygnes peut parfois engendrer un vilain petit canard. Je saurai faire la part des choses, s'il me traite grossièrement.

Courval a souri.

– Je vous laisse. Vous restez de votre côté de la table. Une vitre très épaisse vous sépare de monsieur Kovač. Il est enchaîné aux pieds et au torse, et ses poignets sont entravés par des cerceaux de métal chevillés à la table, qui elle-même est boulonnée au sol de sa cellule. Vous ne lui tendez aucun objet, sous aucune considération.

– Monsieur Courval... ça ira.

Il a hoché la tête, navré de ne pas trouver une oreille plus réceptive, puis s'est éclipsé, et j'ai entendu le claquement de ses Berluti sur les marches, le temps qu'il descende un ou deux étages. Constatant que nous étions seuls, Marcel a forcé un sourire et, miracle, un de ses plis de bajoues en a révélé d'autres. Qui sait, si je le faisais rire aux éclats, je pouvais peut-être retrouver le vieux vélo que j'avais perdu à dix ans ou les restes de la première victime du Vampire de Düsseldorf ?

– Vous êtes prête ?

Ma chance de regagner la notoriété dont je jouissais avant la Faille se trouvait de l'autre côté de la porte que pointait le gardien.

– Bonne chance, a soupiré Marcel.

J'ai inspiré et hoché la tête.

2

Un nid d'aigle.

Du haut de son perchoir, Simeón Kovač observait mon arrivée. Il patientait derrière une vitre épaisse pourvue de trous qui allaient laisser s'infiltrer nos paroles. En arrière-plan apparaissait le panorama des rives bordant le fleuve à la hauteur de Montmorency. De son côté de la vitre, Kovač trouvait toutes les commodités de la vie courante : un lit, une table de chevet, une table de cuisine, en plus du comptoir auquel il patientait en attendant que je m'installe. Tout le mobilier était boulonné au sol, incluant les chaises. Dans un coin, un paravent dissimulait ce qui était sans doute la toilette.

Je me suis avancée jusqu'à la fenêtre – il n'y en avait qu'une, large et pourvue d'une vitre épaisse. Incassable. Tout en bas, le fleuve faisait rouler ses vagues.

– Vous y penseriez, vous ?

La voix m'a surprise. Rugueuse, comme issue d'un souterrain. Je suis venue m'asseoir devant Kovač, essayant de masquer ma nervosité. J'exerçais le métier de journaliste d'enquête depuis des années, mais depuis ce que j'appelais la Faille, j'avais perdu de ma superbe. J'espérais être la seule à m'en rendre compte.

– Bonjour, monsieur Kovač.

– Avez-vous peur du diable, Iris ?

Pour toute réponse, j'ai froncé les sourcils.

– Vous tremblez, on dirait. Et vous n'avez pas répondu à ma question.

– Pour avoir peur du diable, ai-je rétorqué, encore faudrait-il que j'y croie.

– Je ne parlais pas de cette question. Je vous ai demandé si vous y penseriez, vous. À sauter, a ajouté Kovač en désignant la vitre.

– Non.

– Réponse inutile parce que prévisible, a-t-il crâné.

– Et pourquoi donc ?

Il s'est avancé jusqu'à presque coller son nez sur la vitre qui le séparait de moi, dans un bruit de chaînes rappelant qu'il était en contention. La pièce était tranchée en deux parts inégales par cette vitre épaisse : les visiteurs comme moi disposaient d'à peine un sixième de l'espace disponible.

– Parce que je sais ce que vous pensez, a-t-il ajouté.

Une barbe fournie s'agrippait au bas de visage. Kovač était *rasé de loin* – une vieille blague que je partageais avec d'anciens collègues pour faire référence à ceux qui, comme Kovač, semblaient porter leur animal de compagnie sur le menton. Des reflets bleutés se dégageaient de cet artifice pileux, comme si le meurtrier s'était teint ou était affligé d'une condition particulière qui affectait sa pilosité. Son crâne rasé composait une boule à la rondeur impeccable, mais on remarquait peu cette quasi-perfection à cause d'une marque au front qui monopolisait l'attention : une morsure informe dans la chair, qui n'était pas sans rappeler la croix gammée dont Charles Manson s'était tatoué le front. Je connaissais mes classiques. La marque de Kovač, elle, ressemblait à une étoile à cinq branches, et ses lignes irrégulières laissaient croire qu'elle était de facture artisanale. Peut-être se l'était-il gravée lui-même au cours d'un séjour en prison.

– « Barbe bleue », a-t-il dit. C'est le surnom qu'on me donne, ici.

– Votre avocat aussi vous appelait comme ça ?

J'ai regretté ces mots aussitôt qu'ils sont sortis de ma bouche, mais Kovač m'avait piquée en tentant de m'intimider.

C'est parce qu'il a réussi, a résonné une voix en moi.

– Il n'en a pas eu la chance, a rétorqué Barbe bleue.

– Monsieur Kovač… Je peux vous appeler Simeón ? Vous vous doutez bien que je ne suis pas venue vous voir pour me livrer à un concours de répartie avec vous – un concours que vous gagneriez sans aucun doute.

C'est faux et tu le sais, est intervenue ma petite voix. J'étais un as de la vivacité d'esprit. J'avais seulement eu moins d'occasions de m'exercer depuis la Faille.

– Je veux vous connaître. C'est la raison pour laquelle je vous ai demandé cette entrevue. Mes lecteurs voudront comprendre la psyché humaine et ses… complexités.

– Ses *complexités,* a-t-il répété, moqueur.

Une particularité chez lui m'intriguait, quelque chose dans son comportement, mais je n'arrivais pas à l'identifier. Une anomalie.

– Vous êtes un homme complexe, Simeón. Parlez-moi de vous.

– Qu'est-ce que vous voulez savoir ?

J'avais préparé une liste de questions, mais comme je m'y attendais, j'avais renoncé à la respecter dès que j'avais mis les pieds dans ce cachot qui surplombe le vide. Je jouissais de l'exclusivité d'un entretien avec Simeón Kovač, un tueur sanguinaire. Nous étions des dizaines à rêver de ce genre de face-à-face – une occasion qui se présente une fois au cours d'une carrière. Si je devais interviewer quelqu'un de fêlé, aussi bien sélectionner un poids lourd. Un des criminels les plus dangereux et notoires depuis Luka Rocco Magnotta était gardé prisonnier dans ma cour. On peut se barder de cent questions pour baliser ce type d'entrevue. La réalité, c'est qu'une fois assise devant la bête, le regard bien enfoncé dans le sien, on prend conscience de la futilité de la préparation. La bête vous observe. Elle vous défie de la surprendre. Et ce n'est pas une question niaise récitée de mémoire qui la prendra de court.

– Je veux tout savoir de vous, Simeón.

– Bien sûr. Vous voulez que je vous dise si j'ai eu une enfance malheureuse. Vous voulez savoir si j'ai d'abord tué un canari, puis un chat, puis ma sœur et enfin un individu lambda. Dites-moi que vous n'êtes pas venue me faire perdre mon temps avec ces sornettes, Iris.

– D'accord, ai-je acquiescé en ravalant mon orgueil. De quoi voulez-vous parler ?

– De l'avocat.

– Jérôme Vergès ? Très bien.

– Moi, je l'appelle *l'avocat.* Ou *le cadavre.* Ou l'*avocadavre,* a-t-il lancé avant de s'esclaffer.

– Pourquoi l'avez-vous tué, Simeón ?

– Pourquoi êtes-vous devenue journaliste, Iris ?

J'ai soupiré ostensiblement. Une lamelle de lumière a poignardé de soleil la barbe de Kovač, et ses éclats de bleu ont semblé s'accentuer.

– Parce que c'est ce que je voulais devenir, ai-je répondu.

– Vraiment? Vous aviez envie de mettre les mains dans la merde des gens comme moi?

– Peut-être bien. Pourquoi pas?

– Alors j'ai fait la même chose. Vous savez ce qu'on trouve quand on met les mains dans les entrailles d'un avocat?

Il a attendu, mais j'ignorais ce qu'il espérait que je lui réponde.

– Beaucoup de sang, encore plus de merde, mais pas de cœur.

– Vous avez arraché les boyaux de maître Vergès, suis-je intervenue. Vous les avez passés autour de votre cou. Il y avait une raison précise?

Kovač a haussé les épaules.

– Autour de mes jambes, ça aurait semblé étrange, vous ne pensez pas?

J'ai pris une pause pour griffonner quelques observations dans le carnet de moleskine dont je m'étais munie. Kovač avait réponse à tout, il détournait mes questions, il posait les siennes – profil type du narcissique qui souhaite contrôler la conversation. J'ai renchéri, question de le faire parler encore davantage. C'était notre premier rendez-vous, et il m'en faudrait plusieurs autres : mon éditrice attendait un ouvrage à forte consistance.

– Est-ce que maître Vergès était votre premier meurtre, Simeón?

– Bien sûr que non.

Sa voix ne subissait aucune modulation, même si je percevais dans ses paroles, j'ignore comment, tantôt l'agacement, tantôt le contentement.

– Qui d'autre avez-vous tué?

— Moi-même.

Encore une fois, il s'est approché de la vitre qui nous séparait, et le rai de lumière lancé par la fenêtre lui a découpé l'œil dans un prisme mordoré. Pour la première fois, j'ai remarqué au bas de la vitre un passe-plat qui permettait au personnel de Baquard de servir à Barbe bleue ses repas.

— Vous parlez à un mort, Iris.

— Vous voulez bien m'expliquer, Simeón ?

— « Vous voulez-bien m'expliquer, Simeón ? », s'est-il moqué, en tentant d'imiter ma voix.

Peu importe ce qu'il disait, la lueur dans son œil restait la même, imperturbable. Comme s'il parlait malgré son corps.

— Vous me décevez, Iris. Je vous ai donné accès à mon monde intérieur parce que je vous ai crue intelligente.

— Je vous demande simplement pourquoi vous affirmez être mort.

— *Comment.* Ce que vous voulez, c'est le *comment.*

— Comment, alors ? Je meurs d'envie de le savoir.

— Non, vous ne mourez pas, Iris. Si vous mouriez, vous sentiriez les griffes de la mort s'insinuer jusque dans vos os. Et la dernière chose dont vous avez envie, c'est de laisser vos lèvres de petite conne se tordre en un semblant de sourire comme elles le font en ce moment.

— Vous êtes agacé par le sourire d'une femme, Simeón ?

Il s'est gardé de répondre. Je suis revenue à la charge.

— Pourquoi dites-vous que je parle à un mort ?

— Parce que j'ai tué ce qu'il y avait de Kovač en moi. Il y a longtemps.

— Avant d'arriver au Québec ?

Il a souri.

— Vous aimez Baudelaire, madame la journaliste ?

— Je l'ai lu au cégep.

— « *Un malheureux ensorcelé / Dans ses tâtonnements futiles, / Pour fuir d'un lieu plein de reptiles, / Cherchant la lumière et la clé* », a-t-il scandé les yeux quasi exorbités.

J'ai compris ce qui m'impressionnait dans son paraverbal, cet élément que je n'arrivais pas à cerner plus tôt : Simeón Kovač ne clignait jamais des yeux. Il y avait de longues minutes que j'étais assise devant lui. Ses yeux restaient imperturbablement ouverts.

— Ça me dit vaguement quelque chose, en effet.

— Étonnez-moi, Iris.

— Vous voulez que je vous décline mes compétences, peut-être ?

— Non, non, non… C'est une perte de temps, ça. Vous avez identifié le poème ?

— Il me semble l'avoir déjà lu – en fait je l'ai sûrement lu, s'il fait partie des *Fleurs du mal* –, mais de mémoire, je ne sais pas. Vous voulez me le dire ?

— Faites vos recherches, madame la journaliste. Je vais maintenant vous demander de partir. J'ai besoin qu'on me ramène dans mon espace. C'est trop éclairé, ici. Et je n'aime pas le panorama.

Il a appuyé cette dernière phrase en me dévisageant de ses yeux hypnotiques. J'avais beau avoir délaissé la liste de questions que j'avais dressée, je n'en étais pas moins préparée à recevoir ses insultes et à esquiver ses tentatives d'intimidation.

— Je devrai donc en effet faire quelques recherches, Simeón. On dirait bien que nous allons arrêter ici pour aujourd'hui. Mais j'ai très hâte de vous revoir.

Son esprit était déjà ailleurs. Il fixait le plafond, manière de me faire comprendre que notre lien était rompu.

– Vous savez pourquoi j'ai le *feeling* que vous allez avoir envie de me revoir, vous aussi ? Parce que je sais ce que vous avez fait. Et j'ignore pourquoi personne n'en parle. Mais j'ai envie d'aller au fond de vos secrets, et je suis persuadée que vous en avez envie, vous aussi. Vous pouvez crâner autant que vous le voulez et parler de Jérôme Vergès. Ce n'est pas lui qui m'intéresse.

J'avais gardé le meilleur pour la fin.

– L'essentiel de ce livre, ai-je dit en brandissant mon carnet de moleskine, portera sur ces trois femmes que vous avez sauvagement assassinées.

Kovač a baissé la tête et reporté ses yeux sur moi. J'en ai remis, pour le ferrer avec aplomb.

– Vous pouvez vous vanter autant que vous voudrez de ce que vous avez infligé au malheureux qui a accepté de vous défendre en cour. Ce ne sera jamais aussi horrible que ce que vous avez fait à ces trois femmes. Léonie, Aglaé et Coralie. Mutilées, tuées et toujours introuvables.

LUI – I

Décembre 2010

La Dodge Caravan que conduit Vačlav Nagy s'arrête dans l'entrée. Il observe sa résidence et sourit. Les lumières de Noël dont ses filles ont exigé qu'il garnisse la maison scintillent de tous leurs feux. Sur le porche, un Père Noël géant tend les mains devant lui, mais il n'a aucun cadeau à offrir. Martina, la plus jeune des filles de Nagy, le trouve rigolo. Erika, la plus âgée, a décrété que le père Noël a toujours à offrir, mais qu'on ne voit pas toujours ses cadeaux parce qu'ils viennent de son cœur. Le père n'a pas réussi à dissimuler sa sensibilité en voyant la fébrilité de ses filles à l'approche de Noël.

Il faut dire que le foyer familial est le seul endroit où Nagy peut réellement laisser libre cours à ses émotions. Son métier exige qu'il reste de marbre. Pendant des années, il a agi dans son pays à titre de garde du corps du président du ČSSD, le Parti social-démocrate, avant d'immigrer au Québec et d'être embauché par le Consulat tchèque de Montréal.

Vačlav Nagy est ce qu'on pourrait appeler un exécutant du consulat, une sorte d'agent de probation capable d'adopter des airs d'agent de coercition quand la situation l'exige. Vous ne respectez pas les conditions de votre entrée au pays ? Nagy s'assurera que vous croisiez sa route. Est-il nécessaire de mentionner que son poste n'est pas tout à fait officiel, et qu'il a été créé par Tomaš Nemeč, le consul lui-même? Précisons aussi que Nagy n'a qu'une seule cible à surveiller : Simeón Kovač. En principe, l'extradition de Kovač devait se faire en douce, et son arrivée au Québec, lui permettre de prendre un nouveau départ. Mais le consul Tomaš Nemeč ne l'entend pas ainsi.

Il sait de quoi Kovač est capable. Il connaît l'historique des crimes qu'il a commis dans son pays d'origine. Mais cela ne l'impressionne pas.

Vačlav Nagy n'a rencontré Kovač qu'une fois ou deux, le temps de lui montrer qu'il l'a à l'œil.

Cette situation est à quelques minutes de changer.

•••

Quand il pénètre dans le vestibule, Nagy voit d'abord la banderole. Les filles ont elles-mêmes suspendu il y a quelques jours les lettres rouges et vertes qui composent les mots «joyeux Noël». Le cœur de Nagy se serre quand il lit la phrase qui l'accueille, inscrite en tchèque à la main sur une banderole bâclée faite en papier.

Monte à l'étage

L'odeur ferreuse le prend au nez dès qu'il atteint le haut de l'escalier. Et avant même d'avoir vu, il sait.

Les trois corps sont rassemblés dans la grande chambre. Sa femme et leurs deux fillettes. Alena aura voulu protéger les petites, autrement pourquoi serait-elle affalée de la sorte par-dessus Erika et Martina? Le sang ne fait aucun jaloux : les draps sont imbibés, le matelas aussi sans doute, et sur le sol une mare de sang présente déjà des plaques coagulées.

Nagy hurle, ses jambes l'abandonnent et il tombe à genoux. Cette image des femmes de sa vie, immobiles dans la mort, ne le quittera plus. Il se refuse à regarder, mais c'est plus fort que lui. Il a le devoir de mémoire. On dirait que Martina dort paisiblement. Faites qu'elle ne se soit rendu compte de rien, *supplie Nagy. Erika, elle, a la bouche grande ouverte. Les deux petites ont le front orné d'un trou qui laisse croire qu'elles ont été tuées à bout portant.*

Alena a eu moins de chance. Sa mort est obscène : couchée sur les petites, l'épouse exhibe bien malgré elle ses fesses. La grande tache rouge sur le haut de son pyjama signifie qu'on lui a tiré dans la poitrine ou dans le dos. Celui qui l'a tuée l'a probablement agressée sexuellement. Avant ou après, cela n'a plus tellement d'importance.

Et il a laissé un mémo que Nagy voit enfin. Une feuille de papier glissée dans une enveloppe de plastique, et qui flotte sur la mare de sang.

Je te vois. Si tu prends le téléphone, je tire, et madame Wasserman s'en va rejoindre tes trois salopes.

Les yeux embués, désorienté, Nagy lève la tête et regarde alentour. La fenêtre de la chambre donne sur la maison de madame Wasserman, la voisine. Veuve, dans la soixantaine. Le tireur est embusqué. Nagy a toutes les raisons de croire ce qu'il lit. Le mémo se termine sur un ordre.

Redescends au salon et regarde un film.

• • •

La mort dans l'âme, Vačlav Nagy appuie sur « Play ». L'image s'ajuste, et bientôt apparaît un homme qu'il reconnaît. C'est Petr Hlinka, son binôme, l'autre agent chargé de tâches identiques aux siennes. Et Nagy comprend.

Petr et lui ont été embauchés pour surveiller Simeón Kovač depuis son entrée au pays.

Sur l'écran, Petr est accroupi au pied d'un mur. Les bras croisés en position de vulnérabilité, il se balance sur lui-même. Gros plan sur son visage halluciné. Ce n'est pas le Petr Hlinka auquel Nagy est habitué. Celui-ci est… absent. Parti. Un gros plan maladroit montre les yeux de Petr, révulsés : on n'y voit plus que le blanc de la sclère. Que lui a fait Kovač ?

En réponse à sa question, la voix de Kovač jaillit hors champ. Ses indications sont simples. « Regarde dans le bahut et choisis. Tu peux finir comme Petr ou comme les tiens. Si tu choisis d'oublier, comme Petr, éteins la lumière. Je verrai ce qu'il reste à faire. »

À l'écran, Petr Hlinka est saisi d'un cri qui enfle en crescendo. Et Nagy se demande ce que Petr peut voir d'aussi horrible dans son esprit anéanti.

•••

Le tiroir du bahut s'ouvre sur un Smith & Wesson que Nagy n'a jamais vu. Puis la vérité l'éclabousse comme le sang s'est jeté sur les murs un étage plus haut. C'est l'arme qui a tué ma femme et mes filles.

Nagy monte l'escalier et retourne dans la chambre.

Le doigt sur la gâchette, il a fait son choix.

•••

Quand il quitte sa position, Simeón Kovač laisse la vie sauve à madame Wasserman, qui n'a eu connaissance de rien et qui ignore donc que c'est son jour de chance. Kovač a eu raison de Nagy et de Hlinka, les deux chiens de poche qui le chaperonnent depuis son arrivée au Québec. Reste le consul Tomaš Nemeč. Son tour viendra. Kovač regrette de ne pas l'avoir achevé lorsqu'il en avait l'occasion, quand tous deux fréquentaient la même école, à Kladno.

Pour le moment, Kovač doit s'isoler durant quelques semaines. Déjà, une barbe naissante colore ses joues et son menton. Une fois qu'il aura le crâne rasé, il ressemblera beaucoup moins à celui qu'il était quand il a posé le pied à Montréal. Il a l'intention de migrer vers une autre ville. Québec, probablement. Il verra. En attendant, il hume l'air glacial de décembre avant de monter dans la voiture qu'il abandonnera dans le stationnement d'un concessionnaire.

Kovač est un homme libre.

3

J'étais repartie de Baquard avec deux idées en tête : griller une cigarette dès que l'édifice m'aurait recrachée dans l'air humide de juillet, et identifier le poème qu'avait cité Kovač. J'ai pris le temps de savourer ma cigarette puis j'ai filé chez moi.

Il avait apparemment jeté son dévolu sur un poème marginal des *Fleurs du mal.* Prévisible, Kovač se reconnaissait dans « L'Irrémédiable », une descente aux enfers qui explore la couche sous-jacente du Mal, les tréfonds de la souffrance.

Il était encore assez tôt dans la journée pour que je fasse avancer le dossier Kovač et que je pousse un peu plus loin mes recherches à son sujet. Jusqu'ici, je m'étais contentée de ce que les journaux et les articles – assez superficiels, il faut l'admettre – avaient à dire à propos de lui.

Contrairement à ce qu'il devait croire, Kovač ne m'avait pas laissée sur ma faim.

J'ai farfouillé dans mes notes, à la recherche de l'article qui m'avait instruite au sujet de ces trois victimes de Barbe bleue dont on ne parlait nulle part ailleurs. Quelques années auparavant, j'avais déniché cet article en plongeant avec un peu d'aide, et à mes risques et périls, dans les bas-fonds du *dark Web*. Tout juste après ma Faille. Dégoter cet article avait été pour moi le meilleur des remèdes : il avait nourri un feu intérieur qui n'avait eu de cesse de s'intensifier depuis. Je le conservais jalousement dans un dossier protégé. Ce qu'il révélait semblait sans équivoque :

Trois corps et un meurtrier en fuite :
le prince de l'exil

J'ai parcouru le texte en diagonale, jusqu'à retrouver les noms des trois femmes assassinées : Léonie Lalemant, Aglaé Simoneau et Coralie Beauregard. L'article provenait d'un blogue intitulé *L'arc-en-ciel messager* – sans doute un pseudonyme visant à protéger l'auteur. Qui était-il et comment pouvait-il être le seul à rapporter ces morts ? Les noms des victimes ne sollicitaient nulle part ailleurs quelque réaction que ce soit de la part des moteurs de recherche.

• • •

J'ai grillé deux cigarettes. Fumer était devenu une sale habitude, depuis la Faille. Certes, il m'était arrivé de suçoter un cigarillo ou deux par le passé, et je ne m'étais pas résolue à visiter Cuba sans siphonner un Montecristo pour accompagner un verre de rhum brun. Mais depuis la Faille, j'avais besoin d'une béquille. La cigarette m'avait ouvert grands les bras et j'avais cédé à ses avances, alors que d'aussi loin que je me souvienne, j'en avais toujours détesté l'odeur.

Si je m'étais écoutée, j'en aurais fumé une autre. La nervosité. Normal, quand on s'apprête à appeler une amie de longue date, abandonnée lors d'un épisode qu'on aimerait rejouer en modifiant le cours des événements.

– Isandra?

Dans mon oreille, la personne qui avait répondu a hésité puis a substitué à un souffle surpris un filet de voix incertain.

– C'est toi, Iris?

– Tu pensais te débarrasser de moi aussi facilement? ai-je lancé à la blague.

– En fait… c'est plutôt *toi* qui t'es débarrassée de ton entourage, tu te rappelles pas?

– T'as raison. Écoute, je… je suis désolée. J'ai… c'étaient des temps difficiles, et je ne savais plus ce que je faisais. Je ne savais plus vers qui me tourner.

– T'aurais dû, pourtant…

Isandra, c'était ma meilleure. Ma sœur, quasi. Collègues de classe au cégep, on était tombées en amitié l'une avec l'autre. Assez pour se persuader de suivre la même voie : le journalisme. Et on s'est suivies presque partout. Puis j'ai pris un jour un tournant dans lequel Isandra ne m'a pas suivie. Tant mieux pour elle.

– Pourquoi aujourd'hui, Iris?

– Écoute… on a besoin de reprendre là où on s'est laissées, OK? Ta présence et ton amitié me manquent. Pour l'instant… je t'appelle parce que j'ai besoin d'un service.

Silence, le temps qu'elle se demande si j'étais autre chose qu'une profiteuse et s'il restait quoi que ce soit de l'amie que j'avais été. Après une éternité à se maintenir dans un équilibre précaire sur l'arête du filet, la balle est tombée. Du bon côté du terrain.

– Qu'est-ce que tu veux?

– Tu travailles encore à *L'Écho*?

– « À la vie, à la morgue », tu te souviens ?

J'ai ri. De soulagement. Isandra relaxait, ça faisait du bien. Depuis sa sortie des bancs d'école, elle occupait un poste de rédactrice dans un journal consacré aux affaires criminelles. J'avais butiné d'un organe culturel à un autre, confinée à être pigiste dans cet univers d'incertitude, tandis qu'elle obtenait dès le départ un poste permanent. Comme si mon destin de femme ballotée de tous les côtés était tracé sur toutes les surfaces de ma vie.

– C'est bien toi qui as couvert le procès de Barbe bleue, non ?

– Qui ?

– Simeón Kovač. L'homme enfermé à Baquard pour avoir mutilé à mort son avocat.

– Oh… J'ignorais qu'il avait un surnom. Oui, j'y étais. Un des êtres les plus ignobles que j'ai vus dans ma vie. Tout juste après notre professeur de rédaction technique.

– Je te comprends, *sista*. Tu penses que tu pourrais me refiler quelques trucs à propos du procès ?

– Comme… ?

– À peu près tout, en fait : tes articles, les minutes du procès, tes notes personnelles… Je planche sur un livre qui va porter sur Kovač. J'ai l'éditeur, l'angle d'écriture, pas mal tout. Mais il reste des zones d'ombre.

– Pour la boulimique de psychanalyse que tu es, Kovač, c'est un buffet à volonté. Je te refile mon dossier.

Elle a marqué une pause.

– Et, Iris… Je suis heureuse que tu m'aies rappelée.

Isandra ne l'a pas ajouté, mais j'ai cru déceler dans le fil de ses pensées qu'elle se réjouissait de me voir réintégrer un monde sain.

• • •

Le dossier d'Isandra P. Rancourt s'est révélé plus riche que je le croyais.

J'ai suivi les tribulations de Kovač comme si je lisais un bon roman. Si on résumait les choses simplement, Jérôme Vergès, l'avocat de Barbe bleue, s'était trouvé au mauvais endroit au mauvais moment. Ironiquement, Vergès avait été désigné pour défendre Kovač dans un procès pour accusation de négligence criminelle ayant causé la mort de Dolorès Cadette, une femme dont Barbe bleue s'était amouraché.

Éprise de Kovač (aux dires de l'avocat de la Défense), Dolorès avait décidé «sur un coup de tête» de vivre avec lui (c'était la version de la sœur de Dolorès, à laquelle s'en tenait l'avocat de la Couronne). L'acte d'accusation de la Couronne mentionnait que Kovač avait empêché la famille de Dolorès de lui rendre visite, mais surtout qu'une fois enceinte de lui, la jeune femme avait été privée des soins qu'il lui aurait fallu. Cette omission avait eu pour conséquence la mort de Dolorès lorsqu'elle avait «accouché» (le terme était encadré de guillemets, dans les notes d'Isandra, ce qui n'a pas manqué d'attiser ma curiosité). Dolorès Cadette était morte au bout de son sang, à la résidence de Simeón Kovač, en septembre 2018.

Pour sa part, le récit de l'assassinat de Vergès était troublant. Dans une rencontre à huis clos entre avocat et client, Kovač avait assailli Jérôme Vergès. N'obtenant aucune réponse à ses appels répétés, l'huissier avait dû faire ouvrir de force la salle où Kovač et son avocat étaient entrés pour conférer. Ce que l'huissier avait vu dans cette pièce l'avait mis au repos forcé.

Un nouveau procès s'était amorcé en janvier 2019. Moins d'un mois plus tard, Simeón Kovač était formellement reconnu coupable du meurtre de Jérôme Vergès et de négligence ayant causé la mort de Dolorès Cadette. On le condamnait à une sentence à vie, ce qui signifiait qu'on le mettait à l'ombre pour au moins 25 ans avant la possibilité d'une libération conditionnelle. Son nouvel avocat, qui refusait de rencontrer Kovač sans qu'on lui garantisse une sécurité maximale, avait réussi à obtenir que son client écoule sa peine à l'institut Baquard.

Isandra ajoutait dans ses notes qu'elle avait eu l'occasion de rencontrer le second avocat de Kovač, maître Lajeunesse. L'avocat déclarait qu'à son grand étonnement, Simeón Kovač n'avait manifesté aucune agressivité à son endroit. Chacune des rencontres avocat client s'était déroulée dans le calme, assurait Lajeunesse. « À croire que mon client avait compris quelque chose après ce qu'il avait infligé à mon malheureux collègue », avait affirmé maître Lajeunesse.

• • •

Perplexe, j'ai mis le dossier de côté. Les motifs de Kovač pour tuer son avocat en plein palais de justice lui appartenaient et allaient être difficiles à percer à jour. Mais les notes d'Isandra ouvraient une porte sur une ressource insoupçonnée.

Anne Cadette, la sœur de Dolorès, vivait peut-être encore dans la région. Son adresse apparaissait sur la dernière page du dossier, suivie d'un point d'interrogation.

Et à côté de son nom, mon amie Isandra avait ajouté une information énigmatique.

« Aveugle à cause de lui. »

4

10 juillet 2021

À voir où et comment vivait Anne Cadette, la sœur de Dolorès, je me suis demandé qui, d'elle ou de Barbe bleue, se sentait le plus prisonnier. Les geôles de cette femme étaient multiples. Elle occupait un bungalow générique de la rue de la Montagne, à Val-Bélair. Vivre dans cette rue sans âme, en plus d'avoir subi ce qu'elle et sa famille avaient vécu, m'aurait achevée.

« Entrez », a fait la personne qui est venue m'accueillir – une infirmière au service d'Anne. Cette dernière m'avait expliqué au téléphone que deux infirmières se relayaient pour prendre soin d'elle, depuis ce qu'elle appelait « l'agression ».

Je l'ai trouvée installée au salon, face à une fenêtre inutile. En plus de vivre dans une banlieue lisse et sans relief, semblable à une traînée d'asphalte, elle ne pouvait voir guère plus que ce que son esprit, hanté par les images de l'homme responsable de la mort de sa sœur aînée, lui donnait à voir, car elle avait perdu la vue dans un œil et la moitié des capacités de l'autre.

– Bonjour, ai-je dit pour annoncer ma présence.

Elle a plissé les lèvres. C'était ce qu'elle pouvait faire qui ressemblait le plus à un sourire, on dirait. À côté d'elle, sur une table basse bon marché, un verre d'alcool à moitié plein venait à bout de deux glaçons, sous la surveillance austère d'une bouteille de gin. Il était à peine 11 h 30.

– Merci de me recevoir. Comment vous portez-vous ?

– C'est une question un peu indiscrète, pour quelqu'un qui ne me connaît pas, vous ne trouvez pas ?

– C'est vrai, je ne vous connais pas personnellement… Mais…

– Vous venez parler du meurtrier de ma sœur, alors aussi bien régler la question dès maintenant.

Anne Cadette gardait dans son port altier ce qu'il lui restait de fierté ; mais on devinait que sous cette attitude se cachait la pauvreté d'âme de celle qui a tout perdu, voire qui n'a jamais eu grand-chose. Elle était habillée d'une longue robe noire qui la couvrait jusqu'aux chevilles, et un chignon relevé sur le dessus de sa tête lui conférait des airs de comtesse. J'éprouvais l'impression de côtoyer une femme d'un autre temps.

– Vous n'avez pas eu de mal à trouver la maison ? m'a-t-elle demandé.

– Du tout.

– Tant mieux pour vous. Elles sont toutes aussi ternes, par ici. Du moins, dans le souvenir que j'en ai.

Elle a tourné vers moi son visage et pour un peu, j'aurais cru qu'elle me regardait. Mais c'était une idée folle. Son œil droit était un peu décoloré par rapport à l'autre, et il laissait voir une prunelle devenue caduque. Le gauche, lui, ne s'ouvrait qu'à moitié, comme une persienne pudique.

– Vous vous attendiez peut-être à trouver une femme recroquevillée sur elle-même, Iris. Une victime abattue, qui a abdiqué. Je ne suis pas comme ça.

– Je comprends.

– Non, vous ne pouvez pas comprendre. Je suis cloîtrée ici depuis l'agression. Même si j'arrivais à sortir seule de chez moi, j'en aurais peur. Parce qu'il vit encore dans la région. Même s'il est interné, je ne suis pas tranquille. Ma mère est morte, ma sœur est morte… je le suis peut-être moi aussi, allez savoir, a-t-elle lancé avant de boire une généreuse gorgée d'alcool.

– Vous avez connu mon amie Isandra P. Rancourt, ai-je dit pour la calmer. Elle a communiqué avec vous, je crois, peu de temps après le procès.

– Elle a essayé, oui. Je n'étais pas prête à parler, à ce moment-là.

– Vous avez revu Simeón Kovač depuis le procès ?

Ma question a produit le même effet que si je l'avais éclaboussée de boue. Elle a paru scandalisée, voire horrifiée.

– Pourquoi j'aurais fait ça ?

– Vous auriez pu croiser sa route par hasard, lui ai-je soumis.

– Avec lui, il n'y a jamais de hasard… Il est tellement calculateur… manipulateur.

J'ai trouvé cette allusion mystérieuse. Anne triturait une manche de sa longue robe. Le vêtement était plus bienséant qu'élégant. Anne Cadette paraissait se protéger de toutes les manières possibles.

– Ne m'en voulez pas d'être directe, ai-je dit, mais pendant le procès, vous avez affirmé avoir été molestée par Simeón Kovač.

Encore une fois, elle a tourné la tête et ancré ses yeux troublants dans les miens. Le peu qu'elle pouvait voir avec son œil gauche devait lui renvoyer l'image d'une journaliste opportuniste, à la recherche de *la* révélation qui allait faire sa journée.

J'étais avide de quoi que ce soit pouvant refaire ma carrière, je l'admets. La Faille m'avait coûté gros, tant sur le plan personnel que professionnel, et tout ce que j'étais prête à abandonner aux autres, c'étaient les scrupules.

Cette fois, Anne a souri pour vrai. Quand ses lèvres se sont écartées, j'ai imaginé une grotte secrète dont l'ouverture produit un crissement de pierre séculaire. Ses dents figuraient des stalactites, jaunies par le temps et la négligence, et des chauves-souris pouvaient surgir à tout moment du fond de cet antre.

– Vous êtes ici pour parler de moi ou pour parler de lui? m'a-t-elle lancé.

– D'accord. Je suis désolée… Parlez-moi de lui. Que pouvez-vous me dire à son sujet?

Elle a semblé plonger en elle-même, introduisant d'abord le petit orteil dans une eau noire qu'elle n'avait pas sondée depuis longtemps. Puis elle s'y est livrée entièrement.

– Quand vous me regardez, qu'est-ce que vous voyez? m'a-t-elle demandé en ignorant ma question.

– Une femme résiliente. Quelqu'un qui a su se choisir plutôt que d'endurer des sévices injustifiables.

Sa moue a soupesé mes paroles, puis elle a tranché.

– J'imagine que si j'étais à votre place, c'est ce que je verrais aussi. En réalité, ce que vous voyez, c'est une femme chanceuse. Parce que j'ai échappé au pire. C'est ça, Simeón Kovač : l'incarnation du pire.

Elle avait prononcé le nom comme un mauvais sort, du bout des lèvres. Elle a machinalement versé un peu plus d'alcool dans son verre et inspiré longuement avant de continuer.

– Je n'ai jamais vraiment su ce qui est arrivé pour que ma sœur Dolorès tombe sous le charme de cet homme. Depuis le divorce de mes parents, on vivait toutes les trois, elle, ma mère et moi, même si Dolorès et moi avions plus de vingt ans. Dolorès voyait parfois des garçons, mais ce n'était jamais rien de sérieux. Jamais assez pour considérer la possibilité de partir de la maison… Tout ça était si soudain…

Anne a vidé son verre d'un trait. Elle a attrapé la bouteille par le goulot et s'est resservie avant de poursuivre.

— Les premiers temps, *l'autre* permettait à ma sœur de nous téléphoner. Quelques minutes, jamais plus, le temps de nous dire que ça allait. Si on essayait de la questionner un peu trop, elle raccrochait subitement, ou encore la communication s'interrompait en plein milieu d'une phrase.

La bouche d'Anne s'est tordue en un rictus amer.

— Il écoutait nos conversations. J'en suis persuadée. Il filtrait ce que Dolorès avait le droit de nous dire. Et puis le temps a passé, la santé de ma mère s'est dégradée… sans jamais que Dolorès revienne de chez lui.

— Vous avez pensé envoyer la police ? ai-je demandé.

Anne Cadette a reniflé de mépris.

— Croyez-vous qu'on n'y a jamais pensé ? Mais sous quel prétexte ? Que ma sœur était gardée captive ? Qu'elle n'avait pas le droit de sortir ? Elle est restée chez son agresseur de son plein gré, Iris. Chaque fois que je lui ai parlé, elle a mentionné qu'elle était heureuse. Il la forçait peut-être, sans doute même qu'il la menaçait pour qu'elle nous couvre de mensonges. Mais la maison de ce monstre était devenue sa demeure.

Je l'écoutais attentivement, et à mesure, je la voyais se métamorphoser dans son fauteuil. Ses épaules se voûtaient petit à petit, son visage s'allongeait. Elle ruminait par la force des choses des souvenirs empreints d'amertume.

– Et puis deux mois ont passé sans qu'on ait de nouvelles de Dolorès, a repris Anne. Ma mère s'inquiétait. Elle faisait de la haute pression. C'était mauvais pour son cœur. Alors j'ai décidé que c'en était assez. Le jour où nous l'avions rencontré, Kovač m'avait à peine regardée. Ma mère s'était pâmée de faire sa connaissance, mais parce que ma sœur était la plus jolie de nous deux, *l'autre* s'intéressait juste à elle. Je me suis dit que…

Anne a marqué une pause. Étonnamment, elle n'a pas cherché à boire une rasade, cette fois. J'avais le sentiment qu'elle se libérait d'un fardeau.

– Je me suis dit que puisque j'étais presque invisible à ses yeux, il ne pourrait pas m'hypnotiser.

– Vous hypnotiser ?

– C'est ce qu'il a fait à Dolorès ! s'est emportée Anne. Vous pouvez me croire folle, je m'en fous ! Ma sœur était indifférente à ce monstre, quand on l'a rencontré. Puis soudainement, il devient son amant et elle décide de vivre chez lui.

– Qu'est-ce qui s'est passé quand vous êtes allée là-bas ? ai-je demandé pour l'inciter à relater sa visite chez Kovač.

Elle s'est rembrunie encore davantage et sa main s'est instinctivement déplacée en direction du verre. Anne Cadette était une épave. Et j'avais le sentiment qu'une grande partie de son alcoolisme était redevable à ce qu'avait distillé Simeón Kovač dans sa vie et celle de sa sœur.

Elle a repris son récit d'une voix aigrie.

– C'est lui qui est venu répondre à la porte. Quand il m'a aperçue, ses yeux se sont remplis de mépris. Il n'a pas voulu me laisser entrer. J'ai demandé à voir Dolorès – juste la voir, même pas lui parler.

Les yeux d'Anne savaient encore pleurer. Des larmes sillonnaient à présent ses joues.

– Et je l'ai vue. Le monstre ne voulait pas, mais c'est arrivé. Elle est apparue dans le salon. Même à distance, elle paraissait malheureuse. Et j'ai noté les plaies sur ses bras… Des coupures… J'ai remarqué aussi son ventre : il l'avait engrossée. Dolorès a trouvé le moyen de sourire. C'est la dernière chose que j'ai vue. Quand il a pris conscience que Dolorès se tenait derrière lui, il m'a repoussée pour que je reste dehors. Il m'a suivie et a refermé la porte derrière lui. Ensuite, il s'est mis à me frapper.

Anne a repris son souffle. En constatant que la bouteille était vide, elle a paru encore plus démoralisée. Sa bouche pâteuse articulait moins bien désormais.

– Un coup à la tempe peut vous tuer, Iris. Moi, il m'a rendue aveugle.

– Et vous avez réussi à vous sauver.

– C'est le plus étrange, a-t-elle répondu, l'air ailleurs comme si elle prenait conscience, avec le recul, de ce qui était arrivé. Il m'a laissée partir. J'étais sur le sol, à sa merci, et il m'a laissée m'enfuir.

– Vous avez rapporté les faits à la police ?

– Dolorès est morte chez lui le lendemain. J'ai envoyé les policiers, mais ils ont constaté qu'il y avait bien pire que l'agression que j'avais subie. Ils l'ont arrêté. Et la suite, vous la connaissez si vous avez suivi le procès.

Elle avait maintenant l'air lasse, épuisée d'avoir vécu à nouveau les événements. Puis les mots sont tombés avec fracas.

– Savez-vous bien dans quoi vous avez mis les pieds ?

– Simeón Kovač n'est pas le premier sociopathe qui croise mon chemin, vous savez, ai-je répondu.

– Il pourrait bien être le dernier. Moi, j'ai eu de la chance, a-t-elle réitéré. Je ne sais pas pourquoi, mais il m'a laissée survivre. Il aurait pu m'achever – je ne voyais plus rien. Mais je *sais* qu'il m'a voulue vivante.

Quelque part dans la maison, j'ai entendu le tictac de l'horloge, et des notes de piano se sont tout à coup égrenées dans la pièce.

– C'est l'heure du piano de Marie-Laurence, on dirait. J'ai une infirmière en or qui agrémente mon heure de dîner d'un peu de musique. Vous allez devoir nous laisser, Iris. Je vous ai tout dit.

J'ai griffonné quelques mots dans mon calepin de moleskine. Puis j'ai décidé de plonger.

– Vous êtes au courant pour les trois autres femmes ?

– Quelles trois femmes ? s'est enquise Anne.

– Celles qu'il a mutilées et assassinés sans jamais qu'on retrouve les corps.

Elle a gardé le silence, le temps de se gargariser de ce poison dont je l'inoculais.

– Je ne suis pas au courant. Où avez-vous entendu parler de ça ?

– J'ai lu un article qui semble trop bien documenté pour mentir, Anne. Votre sœur n'était pas la première femme qu'il tuait, on dirait.

Comme pour ponctuer la fin de notre rencontre, le piano est venu à bout de ses notes, et Anne a redressé la tête, pour reprendre de sa superbe. Le fard sur ses joues ne devait rien au maquillage.

Elle a pincé les lèvres, mais son sens du devoir était plus fort que sa volonté de conserver des secrets.

– Si ce monstre a fait ce que vous dites… vous en trouverez peut-être des traces à un endroit bien précis.

LUI – II

Octobre 2016

Quand elle rencontre Simeón Kovač, Dolorès vit encore avec sa mère et sa sœur à Neufchâtel, dans la banlieue nord de Québec, dans un bungalow tout ce qu'il y a de plus banal. Un jour, la mère offre à ses filles une journée dans un spa au Lac-Beauport : massage, spa, relaxation, lecture… Profiter, savourer, recommencer.

Dans un bassin voisin, la fumée chaude qui s'élève dans l'air frais d'octobre n'arrive pas à masquer les regards insistants de cet homme qui épie les trois femmes. Dolorès en éprouve un inconfort certain : elle sent l'intrusion de cet étranger jusque dans ses chairs. Et voilà qu'au dîner, l'homme s'invite à la table d'à côté, complimentant la mère et ses filles, apprenant vite que madame est divorcée et que ses héritières n'ont rien goûté du mariage. Dolorès a envie de dire à sa mère de la fermer, de se méfier et de garder pour elle ces révélations qui ne peuvent rien engendrer de positif.

– Et vous, monsieur, vous vous appelez… ?

Dolorès déteste quand sa mère adopte ce ton mielleux. Sur une échelle de gradation du dégoût, voir sa mère draguer apparaît tout juste après la surprendre en train de baiser. Les œillades qu'elle adresse à sa sœur Anne sont stériles : sa sœur ne se rend compte de rien, encore amortie par les effets du sauna sur sa peau et de deux coupes de vin bues trop vite.

– Simeón Kovač, articule l'étranger. Je vis au Québec depuis quelques années seulement, dit-il pour excuser son accent prononcé. Je suis diplomate pour le consulat, ment-il.

Les minutes suivantes sont marquées par les roucoulements de la mère, que le discours de Kovač a pour effet d'hypnotiser, songe Dolorès. Et bientôt il est si tard que les trois femmes ont perdu l'occasion de passer encore un peu de bon temps à prendre soin de leur corps.

– Vous savez quoi? Vous devriez venir visiter mon domaine, offre Kovač avec cet accent qui rend la mère de Dolorès toute chose.

•••

En route, Dolorès maudit la naïveté de sa mère. La confrontation éclate.

– T'as jamais su vivre seule, reproche Dolorès à sa mère.

– Voyons, Do, lâche maman, un peu…, la réprimande Anne.

– Cet homme-là est louche. Je suis la seule à le voir? Avec sa grosse barbe dégueulasse… Il a l'air à la fois d'un motard et d'un… d'un…

– D'un obsédé sexuel? Ouais, je trouve, moi aussi, ajoute Anne en se moquant.

– Voulez-vous bien arrêter? intervient leur mère.

– Elle est bleue, on dirait…, lance Anne, pour qui les effets d'une confortable ébriété ne se sont pas encore dissipés totalement. Sa barbe, je veux dire.

– Oui! Toi aussi, t'as remarqué? réagit Dolorès. Diplomate mon cul, oui! T'as déjà vu un dignitaire qui a une barbe de fucké comme la sienne?

– Les filles, vous m'exaspérez, intervient enfin la mère. Monsieur Kovač est un immigrant qui a fait l'effort d'apprendre notre langue, qui

a choisi d'investir son argent dans notre pays, dans notre région, et c'est un homme qui fait preuve de beaucoup de courtoisie. La moindre des choses, c'est d'honorer sa gentille invitation.

La mère marque une pause puis reprend.

– Est-ce que ça peut être si grave d'aller visiter le domaine d'un homme de goût ? Vous en connaissez beaucoup des hommes qui ont la sensibilité de venir prendre soin d'eux-mêmes dans un spa, tout seuls ? Et qui sont diplomates, *en plus ? On est trois, les filles. Qu'est-ce qui pourrait bien arriver de si grave, hein ?*

• • •

L'horreur.

Au milieu du salon de Kovač, Dolorès observe avec effarement les choix décoratifs de cet inconnu. Il a beau être diplomate, ses goûts sont d'une nullité absolue. Les tentures qui cachent les fenêtres comme des paupières plissées par l'ennui semblent issues d'un autre siècle. Siècle au cours duquel on interdisait le plaisir et la fantaisie, apparemment ! Et ces tableaux… Dolorès ne connaît pas grand-chose à l'art, mais elle a toujours cru que lorsqu'on accroche des tableaux dans une maison, c'est pour en égayer l'ambiance. Or ici, Kovač s'est aménagé un sanctuaire de reproductions d'œuvres aussi joyeuses qu'une déclaration de revenus. Dolorès lit les titres : La mort de Sardanapale *d'Eugène Delacroix ;* Saturne dévorant un de ses fils *de Goya ;* Moïse portant les Tables de la Loi *de José de Ribeira,* Le jugement dernier *de Fra Angelico.*

– Mon préféré est ici, affirme Kovač, comme s'il devinait ce que Dolorès se dit. Veritas temporis filia. *C'est un tableau datant de 1612, réalisé par un peintre dont le nom est inconnu de la majorité des gens : Jan Collaert.*

– Qu'est-ce que ça représente ? demande innocemment la mère de Dolorès.

– « La vérité est la fille du temps », répond Kovač.

Sans savoir pourquoi, Dolorès frissonne. En déviant le regard, elle aperçoit deux cendriers sur pied. Elle en a déjà vu un semblable, à une autre époque : toutes jeunes, elle et sa sœur allaient séjourner chez leur tante Aurélie, dont le sous-sol était un véritable musée des années 1970. Leur oncle Roger conservait des reliques de ses « belles années », dont des objets de cet acabit. Cependant, les cendriers de Roger étaient pourvus d'un pied qui représentait celui d'un animal – un lion ou un tigre. Or ici, chez Kovač, le pied de bois sculpté semble représenter… une jambe d'enfant, si Dolorès se fie à la petitesse des orteils.

Le temps s'écoule lentement. Au bout d'une heure, Anne présente des signes de déshydratation qui attirent sur elle les regards inquiets de Dolorès et de sa mère.

– On devrait sans doute y aller…, dit la mère, à regret.

Tout le temps qu'elles ont passé chez lui, Kovač a entretenu ses visiteuses à propos d'artistes pour qui Dolorès éprouve autant d'intérêt que pour le fil dont sont cousus ses bas. Baudelaire, tiens : Kovač a péroré à son propos pendant au moins une demi-heure !

Kovač se tourne vers Dolorès et lui lance à brûle-pourpoint.

– Vous, vous pouvez rester, au moins ? J'avais pris la liberté de commander un repas digne des dames que vous êtes…

– Oh, vous savez…, bredouille Dolorès.

– Je vous ramène moi-même après le repas, c'est promis, l'interrompt Kovač.

•••

Les choses pourraient se passer comme il les a présentées.

Mais, pour ce faire, encore faudrait-il que Dolorès refuse le vin que lui offre son hôte et qu'elle s'obstine à garder le silence lorsqu'il s'efforce de lui faire la conversation.

Qu'elle ne laisse pas ses yeux s'égarer dans les siens, non plus. Ce qu'elle omet de faire, et elle en paye le prix. Oh, un prix pas si désagréable, après tout. Par manque d'intérêt à son égard, Dolorès n'avait pas vraiment observé Kovač. Mais là, assise à table à moins d'un mètre de lui, elle peut déceler la lueur que ses yeux projettent – un scintillement particulier, comme si la lumière ricochait sur ses prunelles noires sans pouvoir y pénétrer. Et il y a ce je-ne-sais-quoi qui magnétise Dolorès…

Kovač sort des cuisines un gigot de cerf qu'il arrose d'une sauce aussi douce qu'une caresse. Il affirme avoir lui-même abattu la bête.

– Vous êtes chasseur?

– Je l'ai toujours été, répond le Tchèque.

Dolorès éprouve le sentiment que Kovač n'a pas détaché ses yeux d'elle depuis qu'elle s'est trouvée seule avec lui. Son regard est profond, comme une mare sombre, et quand elle s'y attarde, Dolorès remarque que les yeux de Kovač sont complètement noirs. Elle l'écoute lui parler de la campagne tchèque, des excentricités de Prague. Elle lui promet de visiter la ville aux cent clochers un jour, sans savoir vraiment si elle le fera. Dolorès a perdu la notion du temps : elle croyait que cette maison ressemblait à une geôle, et pourtant, elle s'y sent… bien.

Tellement qu'avant le dessert, lorsque Kovač évoque un petit plaisir supplémentaire, Dolorès en ressent une curiosité authentique. Le barbu sort d'un tiroir un boîtier dans lequel Dolorès reconnaît trop bien la poudre blanche qu'il se met à disposer sur un petit miroir.

Dolorès plonge le nez dans un plaisir qui va se distiller avec volupté dans ses veines, répandre en elle juste ce qu'il faut d'euphorie pour que dans la minute, elle et Kovač s'embrassent à pleine bouche. Tout ce qu'il y a autour d'elle prend soudain plus d'éclat, se définit même avec une clarté déconcertante. Dolorès pose les yeux sur cette gravure qui, au salon, fait la fierté de Kovač, et elle en saisit tout à coup toute la prescience : Veritas temporis filia. *Elle incarne cette jeune femme nue, enlevée par le barbu ailé qui la porte sur ses épaules. Et au sol, sous eux deux, est affalée sa sœur Anne, vouée à l'inertie, comme la seconde femme du tableau, horrifiée et pourvue d'ailes de dragon.*

Comme la femme épanouie du tableau, Dolorès se départit de ses vêtements. L'instant d'après, elle chevauche Simeón Kovač sur l'épais tapis oriental étendu au milieu du salon.

Leurs ébats durent de longues minutes. Dolorès en perd le compte. Le sexe de Kovač s'enfonce au plus profond d'elle. L'homme la tourne dans tous les sens, fait du corps de l'amante une fête. S'est-elle déjà sentie inconfortable dans cette maison ? Quelle folie ! Au contraire, Dolorès se sent vivre, elle s'est enfin affranchie de cette mère dépendante et de cette sœur déficiente.

Est-ce sa propre voix qu'elle vient d'entendre prononcer les mots « fais-moi mal » ? Dolorès l'ignore, mais, de toute façon, Simeón semble avoir compris que c'est un excès dont elle a envie. Il la quitte momentanément, et la jeune femme esquisse une moue boudeuse. Nue au milieu du salon, envahie de vagues de concupiscence qu'elle ne connaissait pas, elle entreprend de se caresser elle-même, pour patienter en attendant le retour de cet amant improbable. Quand il revient, Simeón paraît sourire, mais sa bouche est bien dissimulée dans sa barbe bleue, alors comment savoir ?

– Tu veux bien qu'on s'amuse un peu ? demande-t-il.

Sur le plancher, Dolorès, en extase, jette dans l'air des « oui » qui s'en vont éclore dans les moindres recoins de la maison. Alors Kovač s'approche et, d'un mouvement agile, caresse un des seins généreux de Dolorès. C'est une caresse chaude, humide ; l'amante croit un instant que Simeón a mordillé le pourtour de son sein, mais le sang qui goutte sur le plancher l'éveille à ce qui s'est produit. Une entaille dessine un arc sous le mamelon. À la fois effarée et entièrement accaparée par une excitation telle qu'elle n'en a jamais connu, Dolorès fixe des yeux ébahis sur le barbu.

Le couteau bien en main, Simeón Kovač semble ne pas en avoir fini.

•••

Une fois qu'il a joui en elle, Kovač se retire et la laisse, épuisée de caresses et d'assauts, sur ce tapis qu'il a importé du Zanzibar. Quand elle retrouve ses sens, le lendemain matin, Dolorès est zébrée de sang et de coupures qui lui apprennent qu'elle ne gardera que des souvenirs flous de cette nuit de fougue démente.

Elle ne retrouve Simeón que tard en avant-midi, lorsqu'il daigne revenir vers elle. Il a réintégré le personnage posé qu'il incarnait la veille, et à part ce qui pourrait être une goutte de sang au coin de son œil, il ne porte plus trace de l'amant bestial qui a guidé Dolorès dans les méandres du désir épanoui.

– Tu veux que je te ramène? demande-t-il.

Sans savoir pourquoi, Dolorès secoue la tête.

– Non, dit-elle.

Mais Kovač connaissait déjà la réponse.

•••

Il faudra trois jours avant que Dolorès indique à sa mère qu'elle ne reviendra pas à la maison, qu'elle a trouvé en Simeón celui qu'elle attendait. Chaque jour, lorsqu'il reparaît auprès d'elle après avoir passé la journée à l'extérieur, occupé à des activités au sujet desquelles Dolorès ne le questionne jamais, les amants se retrouvent et atteignent de nouveaux sommets de volupté. La maison de Kovač multiplie les pièces, donc les endroits où s'abandonner aux désirs de plus en plus interdits.

Dolorès ne l'admettra pas, mais aucune de leurs séances sexuelles ne parvient à lui faire atteindre le niveau d'extase qu'elle a ressenti le soir de son arrivée en cette demeure.

Et pour cause : au bout d'un mois et demi, la rondeur qui se dessine sur sa silhouette annonce la venue d'un petit être que Simeón a semé en elle le soir même de leur rencontre.

• • •

L'été suivant tire à sa fin, et lorsque septembre se dévêt de ses rouges et de ses jaunes, Dolorès se demande comment il se fait que cette grossesse s'éternise. Kovač lui a assuré qu'elle disposera des meilleurs soins, à condition qu'elle comprenne bien qu'il lui faut rester à la maison, sans jamais quitter ce qu'il appelle « le foyer idéal ». Mais il y a à présent presque onze mois qu'elle est enceinte... Quand sera-t-elle libérée de ce poids qu'elle transporte, et quand Simeón et elle pourront-ils voir cet être dont il est convaincu qu'il s'agira d'un garçon ? Le bébé frappe les entrailles de sa mère comme s'il cherchait comment en sortir.

– Surtout, dit Simeón, tu n'ouvres jamais la porte arrière. Sous aucun prétexte. « Il » a besoin que tu restes ici.

Dolorès ne comprend pas les exigences de Simeón, mais elle veut bien obéir à ses caprices. Mais, y a si longtemps que ce bébé grandit en elle, et rien n'indique qu'il s'apprête à la libérer bientôt du poids qu'elle doit transporter. Une promenade au grand air pourrait-elle provoquer la naissance de celui que Simeón appelle « le prochain » ?

Le trousseau des clés de la maison est suspendu dans la cuisine. Il y a beaucoup de pièces dans cette demeure, et Kovač les verrouille toutes scrupuleusement, tant il souhaite protéger ses possessions. Un peu d'air automnal… rien que pour intimer au bébé qu'il est temps de connaître le monde…

Dolorès essaie une clé après l'autre. Trop grosse. Trop petite. À la septième tentative, la clé s'insère sans gêne et produit un déclic que Dolorès ne peut s'empêcher d'associer à la liberté.

Sauf que la porte arrière ne s'ouvre pas sur une forêt paisible.

– Oh mon Dieu ! s'exclame Dolorès.

De l'autre côté de la porte se dressent des stèles : il y en a trois, à l'orée de la forêt. Les pierres tombales sont toutes petites.

Des enfants morts…, *comprend Dolorès.*

Est-ce la panique ou la douleur soudaine : ses mains se portent sur son ventre, qui s'anime. Dans le mouvement, la clé qui a ouvert à Dolorès cet univers insoupçonné, tombe dans la terre, une terre boueuse, qu'on dirait contaminée de teintes rougeâtres.

Dolorès s'en formalise peu : ce qu'elle sent en elle lui confirme que le moment est venu.

• • •

Sur le lit, le corps nu de Dolorès est une œuvre d'art, sculptée par des mois d'abus inspirés par les humeurs de Kovač. Les cicatrices sur son ventre, ses bras, ses cuisses et son pubis sont la représentation fougueuse de ce qu'ils sont ensemble : lui, le grand maître, et elle, le modèle, la Porteuse du Destin.

Un destin que Simeón Kovač semble pourtant incapable d'accomplir.

Au pied du lit, une mare de sang s'agrandit sur le plancher. Trop de sang, semble-t-il, pour ce que peut contenir le ventre d'une seule femme.

Le corps de Dolorès est inerte – normal, puisqu'elle n'a désormais plus aucune utilité pour Kovač. Elle est morte, et Kovač n'en éprouve aucun sentiment particulier.

Sur le sol, inondé de sang et maculé de particules de placenta, la tête du rejeton de Simeón Kovač est inerte, elle aussi. Rien d'autre n'a suivi la tête lors de l'expulsion. Dolorès Cadette a accouché d'un simple crâne ; un vulgaire crâne au visage gris, dépourvu de vie, et dont la bouche est restée ouverte sur un cri que personne, nulle part, n'aurait pu entendre.

Encore une fois, Kovač a échoué.

Il toise ce visage impassible, sur le sol. La petite tête n'existe que depuis quinze minutes à peine, et Simeón Kovač la déteste, comme il a détesté tous les autres avortons qu'on lui a donnés.

Sur ce petit visage de la mort, la bouche s'étire en une grimace. On dirait presque un sourire qui nargue l'homme à la barbe bleue.

5

Le nom ne m'a pas frappée au départ, mais il a sonné une cloche.

Sébastien H.

Je descendais vers la capitale par l'autoroute 73, en repensant aux révélations d'Anne Cadette ainsi qu'à l'inconfort des dernières minutes passées en sa compagnie.

Sébastien.

Le prénom était apparu sur l'écran de mon téléphone.

J'ai répondu. Une voix familière s'est immiscée dans l'habitacle.

– Iris ?

Sébastien… Sébastien… Qui es-tu ?

– Tu te souviens de moi, Iris ?

– J'essaie, mais euh…

– Printemps 2017… On s'est amusés, tous les deux.

Si un accident de voiture m'avait fauchée à ce moment et qu'on m'avait autopsiée sur place, on n'aurait retrouvé aucune trace de sang ni dans mes jambes ni dans mes bras. Un point dans ma poitrine comprimait mes poumons et je cherchais à retrouver un peu d'air.

Tu es ce Sébastien.

– J'avais ton numéro dans mon téléphone et je me suis dit… Je me demandais si tu étais encore… Je veux dire, s'il y a quelqu'un dans ta vie et…

– Écoute…, ai-je bredouillé, je me souviens à peine de toi, Sébastien, et je ne suis pas sûre de me rappeler à quoi tu ressembles…

– Pourtant, on s'est bien amusés, ce soir-là…

– Ce n'est vraiment pas le moment pour ça… Je suis sur une…

– Iris… Iris, écoute-moi. Je voulais juste reprendre contact, OK ? Je me disais que si tu veux, on pourrait se voir, prendre un verre. Renouer. OK ? Juste *renouer.* C'est tranquille dans ma vie, ces temps-ci, et je me rappelle qu'on a passé un bon moment ensemble. On a connecté. Tu t'en souviens ?

Comme une adolescente, j'ai rompu le contact.

J'ai parcouru le reste du trajet qui me menait jusque chez moi, jetant des coups d'œil par-ci, par-là, me demandant si Sébastien risquait de surgir de nulle part.

J'avais désormais la conviction que la Faille était inscrite en moi, comme une longue coupure encore à vif.

Et qu'elle ne disparaîtrait jamais.

• • •

Nos malheurs portent toujours le nom de quelqu'un. Le mien s'appelle Pierre-Marc Proteau.

Oui, *le* Proteau qui a fait la pluie et le beau temps dans le monde des affaires de la capitale. Diplômé en économie de Brown University, Proteau avait contribué à l'Institut Fraser de ses meilleures mauvaises idées conservatrices pour pousser le Québec encore plus à droite. Lorsque son nom s'était suffisamment promené sur les lèvres et que ses mains avaient plongé dans un assez grand nombre de poches, il avait jugé le moment opportun pour se lancer en politique provinciale.

À peu près au même moment, j'obtenais le mandat de contribuer à revamper les pages politiques de *Vents contraires*, un journal d'enquête qui m'avait recrutée après la parution des articles que j'avais publiés, à la pige, au cours des années précédentes, et dans lesquels j'avais montré que je ne m'en laisserais jamais imposer par qui que ce soit. L'impavide naïveté de la jeunesse. J'étais réputée pour tirer à boulets rouges sur tout ce qui m'apparaissait tourner de travers dans ce monde d'opportunisme, de manipulations politiques et d'individualisme de bas étage. « Trouve un sujet percutant pour ta première chronique », m'avait-on lancé en défi.

– Je veux Proteau, avais-je exigé.

Et Proteau j'avais obtenu. Sans savoir ce qui me pendait au bout du nez.

Québec est, somme toute, une petite cité, et à travers les branches, j'avais glané quelques renseignements sur les pratiques douteuses de Pierre-Marc Proteau. Notamment, j'avais appris que le politicien, une fois élu, avait l'intention de modifier le zonage de certaines portions du territoire au profit d'hommes d'affaires qui avaient, comme lui, contribué au *think tank* que constituait l'Institut Fraser. Qui plus est, Proteau avait entrepris des démarches pour asseoir son empire immobilier ailleurs dans la province. Il avait acheté des parts dans des projets immobiliers en attente de dézonage dans des villes comme Laval et Sherbrooke – des municipalités où, comme par hasard, siégeaient des maires qui avaient louangé publiquement les mérites de Proteau en tant que futur premier ministre du Québec.

Mais il y avait pire. Après quelques semaines de recherches, j'éventais le plus odieux de ses secrets. Derrière le politicien véreux et opportuniste se cachait un homme de famille moins serein que ce qu'il cherchait à projeter lorsqu'il se présentait en public avec sa femme et ses trois jeunes enfants.

Si Pierre-Marc Proteau cherchait sans cesse de nouvelles façons de faire de l'argent, c'était parce qu'on le faisait chanter. En un mois, de fil en aiguille, mes contacts me permettaient de découvrir que Proteau avait une fille de dix-huit ans dont son épouse ignorait l'existence. Qui plus est, la jeune adulte, apparemment pas très impressionnée par son père, était danseuse nue dans un bar de Montréal. Chaque mois, Proteau lui versait un généreux pot-de-vin pour qu'elle ne révèle pas la vérité aux médias. Parce qu'avoir une fille qui gravitait dans un milieu aussi glauque – et qui était accro à la cocaïne, par-dessus le marché – signifiait qu'un lien ténu séparait le père du milieu des motards. Un cauchemar pour tout politicien en devenir, exposé au chantage des gangs criminalisés.

La carrière politique de Pierre-Marc Proteau avait donc pris fin en septembre 2016, avant même d'avoir débuté. Deux mois après le lancement de la campagne électorale, il capitulait et laissait sa place à une femme d'expérience, aigrie par le nombre de campagnes au cours desquelles un homme l'avait supplantée, et fermement résolue à faire oublier qu'un insouciant avait failli faire couler le navire de son parti.

Proteau m'en avait voulu à mort. Pour dire les choses simplement, je crois qu'il aurait apprécié que je m'écarte de son chemin : *La journaliste Iris Tellier s'enlève la vie*, aurait-il souhaité voir titrer le périodique qui m'employait. Telle aurait été une douce vengeance à ses yeux, le pisse-vinaigre pétri de remords cédant à son sentiment de culpabilité après avoir ruiné les velléités politiques d'un homme d'affaires prospère et bien en vue dans tous les médias du pays.

Or j'avais persisté, j'avais maintenu ce que j'affirmais – allant jusqu'à obtenir une entrevue exclusive avec sa fille illégitime aux mœurs douteuses. De gros joueurs médiatiques avaient récupéré mes informations puis les avaient arrosées d'un peu plus d'essence, question d'entretenir le feu.

Les grands reportages sont tous accompagnés d'un prix à payer. Six mois après la publication de mon article, Proteau a fait ce qu'il aurait aimé que je fasse : il a enjambé la balustrade du pont de l'île d'Orléans et s'est jeté dans le fleuve. Son cadavre s'est fracassé sur un rocher, et les langues les plus fourchues ont affirmé que tout son sang s'était amassé dans ses poches.

Quelques jours plus tard, pour se donner bonne conscience, *Vents contraires* m'a limogée. La famille du presque-politicien m'en voulait encore plus que Proteau lui-même, et bientôt, je suis devenue le paria du monde journalistique. Deux questions circulaient sur toutes les lèvres : *pourquoi la petite journaliste s'est-elle fourré le nez là où il ne fallait pas ? Pourquoi ne s'est-elle pas contentée de jouer son rôle, c'est-à-dire de parler des habitudes alimentaires de Proteau, de ses films préférés ainsi que des huit voitures de luxe qui composaient sa collection personnelle ?*

J'en étais encore à ruminer mon congédiement lorsque mes parents m'ont téléphoné. Ils ont distillé sans ménagement dans mon oreille la honte qu'ils éprouvaient du fait que leur fille avait fait preuve d'assez de froideur pour inciter un homme « respecté dans la capitale » à se tuer. J'ai eu beau protester, arguer que Proteau était un salaud comme on en avait pris partout au piège en politique municipale ces dernières années… rien n'y faisait. Proteau avait une famille, insistaient mes parents. Savais-je seulement ce qu'impliquait la notion de *famille*? D'ailleurs, avais-je pensé à tous ces regards obliques qu'on lançait à mon père et à ma mère depuis que Proteau avait fait le saut de l'ange?

Quand j'ai appuyé sur le bouton rouge à la fin de l'appel, j'ai rompu à la fois la communication et mes relations familiales. Sans que je le sache, c'était la dernière fois que j'entendais la voix de mon père. Il allait mourir, en juin 2018, dans un accident de la route, en revenant d'un rendez-vous avec le physiothérapeute qui s'occupait de lui pour des problèmes dorsaux.

Malgré ce qu'on disait autour de moi, je ne regrettais rien de ce que j'avais fait. Proteau méritait-il de mourir pour ce qu'il était, pour ce qu'il avait fait? Sans doute pas. Mais chacun est responsable de sa conscience.

Et peu importe l'opinion publique, j'étais satisfaite de ce que j'avais accompli.

Quelques heures après avoir essuyé la honte de mes parents, j'ai décidé que l'histoire que j'avais révélée au grand jour méritait plus que de me laisser recroquevillée dans mon appartement. Je me suis habillée de circonstance et j'ai traîné mes pénates jusqu'à *L'exil,* à Sainte-Foy. À quarante-deux ans, j'avais l'air de la mère de tous les jeunes qui y pullulaient, mais qu'à cela ne tienne. Il me fallait noyer cette soirée, et je n'avais pas envie de la noyer toute seule. De toute manière, on jetait du *grunge* dans les caisses de son, et c'était de la musique que j'avais connue, des hymnes de mon époque, tandis que les Milléniaux amassés ici n'étaient pas encore nés.

Sur la piste de danse, des corps possédés s'agitaient comme une masse uniforme. La musique tonitruante m'assourdissait, engourdissait mon mal-être en pulsant jusque dans ma poitrine. Je me suis déplacée à l'arrière pour m'installer au bar. J'ai lampé trois martinis puis un inconnu est venu s'asseoir sur le tabouret à mes côtés. Il m'a saluée et s'est assuré que ses regards insistants ne m'échappent pas.

– Je m'appelle Sébastien, a-t-il fini par lâcher.

Beaucoup plus jeune que moi. Une belle flatterie.

Il m'a offert un verre, que j'ai expédié pendant *Song 2* de Blur.

Il apparaissait clair que nous avions mieux à faire.

Chez lui se trouvait le kit de la parfaite apprentie orpheline : plus de bière qu'au *Dépanneur de La Rive*, assez de *shatter* pour s'en faire une île au milieu de l'océan et des draps propres qui n'attendaient qu'un peu d'action.

Et *my God*, l'action… Le temps s'est arrêté, ou étiré, ou les deux à la fois. Nos corps se sont accordés, peut-être plusieurs fois – je n'en garde que le souvenir un peu flou de vagues successives de volupté.

– À part ramener chez toi des femmes qui pourraient t'avoir appris à chier sur le pot plutôt que dans la couche, tu fais quoi dans la vie, Sébastien ?

– Je suis policier.

– Sans blague ?

– J'ai l'air de blaguer ?

– Peut-être. Fais-moi sourire encore un peu.

Et on a recommencé avant de sombrer dans un sommeil d'où je n'aurais jamais souhaité émerger, si ce n'avait été de ce terrible cauchemar. Paradoxalement, c'était à l'inconfort du cauchemar que je pensais les rares fois qu'il m'était arrivé de me remémorer cette soirée ; sauf que je n'ai gardé aucune image du cauchemar lui-même. À l'exception d'une phrase que me susurrait Sébastien à répétition. *Viens, Iris. Je vais te donner la clé.*

Le lendemain matin, j'avais la tête dans un étau et la langue comme si j'avais passé la nuit à l'utiliser pour racler les rues. Mais ce n'était pas le plus étrange.

En ouvrant les yeux, j'avais reconnu le plafond lézardé de ma propre chambre à coucher. Et Sébastien n'était plus qu'une sensation persistante d'inconfort dans mon entrejambe.

6

11 juillet 2021

J'en voulais à cet idiot de s'être rappelé à ma mémoire. De quel droit se permettait-il de me téléphoner, après quatre ans ? Il était l'incarnation d'un naufrage prémédité, causé par la décision de prendre le large en pleine tempête. Surtout, il me remémorait à quel point les mois qui avaient suivi le suicide de Proteau avaient creusé la Faille. J'étais partie à la dérive sur une mer de martinis, m'isolant chez moi pour cuver ce dégoût de moi-même qui m'avait envahie à retardement.

Jusqu'à ce que je me décide de me reprendre en main, au bout de deux ans de déchéance, et de laisser le martini retrouver sa place dans les films de James Bond. *Vents contraires* ne voulait plus d'une fauteuse de troubles, et la simple évocation de mon nom incitait les médias écrits que j'approchais à se prémunir contre la poisse en cherchant un chapelet d'ail qu'ils pouvaient suspendre devant la porte du bureau pour s'assurer que je n'y entre pas.

Tant pis. Iris Tellier n'était pas morte. Elle n'était plus journaliste, mais on ne l'empêcherait pas d'écrire. Un livre, tiens. Un sujet-choc. Pourquoi pas l'analyse d'une affaire criminelle occultée par un manque d'informations? Simeón Kovač venait d'être interné à Baquard, à une poignée de kilomètres de chez moi. J'ai fureté un peu, sentant qu'il y avait à son sujet quelque chose à découvrir. Puis a émergé du *dark Web* cet article providentiel qui faisait mention des trois femmes que Kovač avait assassinées et dont les corps n'avaient jamais été trouvés. Je ne connaissais pas le blogue *L'arc-en-ciel messager* qui hébergeait l'article, mais j'ai présumé qu'il était administré par quelqu'un de la communauté LGBTQ+ ayant modelé son avatar d'après son identité sexuelle.

C'était précisément là-dessus qu'il me fallait focaliser mes recherches pour les semaines, voire les mois à venir. Ce livre, j'allais l'écrire. J'allais faire parler Kovač, j'allais secouer le moindre buisson sur lequel il avait pissé afin d'en savoir plus sur ces trois femmes qu'il avait laissées pour mortes. Et ce n'était pas un coup de fil de cet amant d'un soir qui allait faire dévier ma trajectoire.

• • •

Anne Cadette avait raison : l'endroit était sinistre à souhait. Le genre de planque qui passe inaperçue dans ce décor, et c'était *justement* ce qui lui conférait son caractère inquiétant. *Tout* pouvait s'être produit dans ce lieu, parce que les hommes comme Barbe bleue n'apposent pas à l'entrée de leur propriété une carte sur laquelle se trouve un X et la mention *Mourez ici.*

Depuis que Barbe bleue était en taule, sa maison de Lac-Beauport avait été reprise en justice puis achetée par un médecin peu impressionné par ce qui s'y était déroulé. C'était l'adresse dont je disposais, la même que celle qui apparaissait au dossier monté par mon amie Isandra sur le procès de Barbe bleue. Normal : c'était là que Dolorès Cadette était morte à cause de la négligence de Kovač. Or ce dernier possédait une autre propriété, dont Anne Cadette avait découvert l'existence, comme elle me l'avait révélé à la fin de notre entretien.

Si ce monstre a fait ce que vous dites… vous en trouverez peut-être des traces à un endroit bien précis.

Résolue à retrouver sa sœur aînée, Anne avait suivi Kovač, un jour, pour tenter de voir ce qu'il manigançait. Il l'avait entraînée malgré lui jusqu'à Stoneham, dans un sentier au fond du bois, au bout duquel apparaissait une construction qui devait être son chalet.

Vous en trouverez peut-être des traces à un endroit bien précis.

Si j'entretenais le projet d'écrire ce livre pour réhabiliter ma carrière, c'était le genre d'endroit que je me devais de visiter.

Un chemin de gravier crevé de trous a rappelé son âge à ma Golf d'occasion. De chaque côté scintillaient des postillons glauques au creux desquels devaient proliférer des créatures du règne insecte plus dégoûtantes les unes que les autres.

Le repaire de Simeón Kovač s'imposa à ma vue au terme d'un parcours qui m'avait éloignée d'au moins trois kilomètres de la route principale. Ma Golf avait regimbé à mi-chemin, me forçant à la laisser bouder sous le couvert d'une épinette rachitique qui étalait des bras bien intentionnés mais fatalement vains. La construction faite de rondins bruns un peu défraîchis apparut au loin, comme le point au bout d'une phrase interminable. Un constat m'est aussi apparu : à cette hauteur, je n'entendais plus le vrombissement des moteurs sur l'autoroute, tout en bas, et quelques coups d'œil à la ronde m'ont confirmé que Kovač avait établi ses pénates loin des voisins les plus proches. *Génial,* a raillé une voix en moi, celle d'une Iris raisonnable qui n'allait jamais se matérialiser, qui se contentait depuis des années de me tirer sur la manche pour me montrer à quel point j'aurais été barbante si j'étais devenue la fille que fantasmaient mes parents.

Les deux fenêtres de la façade comportaient des volets qui arboraient ce qui ressemblait à des dessins tracés au pinceau. Je me suis approchée, et les dessins se sont précisés : des serres pourvues de longues griffes et tendues vers le haut, comme prêtes à attraper une proie. On pouvait aisément confondre les griffes orangées avec des flammes – quatre dans chaque serre, une pour chacun des doigts. Kovač affectionnait la chasse. Il affichait sa passion avec ostentation, et je ne pouvais m'empêcher de me sentir inconfortable devant ces ornements qui laissaient croire que le bâtiment allait me tenir prisonnière si j'osais tourner la poignée.

Étrangement, la porte était déverrouillée. *C'est un leurre, ma belle. Le gros méchant loup veut que tu te mettes à ton aise.* La porte n'a pas grincé, l'intérieur du chalet n'empestait pas la chair en putréfaction et la voix de Vincent Price n'a pas retenti depuis le fond de la cabane quand j'ai posé le pied sur le plancher. Mais il y avait plus inquiétant.

La table de la cuisine supportait trois bougeoirs. Et ils étaient allumés. *Depuis quand?* Le lieu était maintenu dans la pénombre, et les oscillations des flammes accentuaient des halos concentrés sur le centre de la pièce principale.

En m'y attardant, je pouvais déceler dans le fond de l'air des exhalaisons âcres, presque ferreuses, subtiles mais bien présentes. Machinalement, ma main a cherché un interrupteur le long du mur. En vain. La pénombre enveloppait la pièce principale, confortée dans son empire par les couverts d'arbres hérissés tout autour du bâtiment, qui masquaient le soleil comme une effronterie qu'il ne fallait pas voir. J'ai frissonné, l'humidité ambiante m'ayant saisie comme les bras d'un spectre qui m'attendait depuis longtemps.

J'ai avancé – aussi bien explorer, puisque je m'étais aventurée jusqu'ici. Un souvenir de ma rencontre avec Barbe bleue, quelques jours auparavant, a palpité devant mes yeux : j'ai vu les siens, injectés des plus mauvaises intentions, ses yeux qui ne clignaient jamais. Ils transperçaient la pénombre, sous la table, et l'instant d'après, ils s'évanouissaient dans un mouvement furtif.

Un couinement a perforé le silence, sur ma droite, et m'a fait sursauter. En levant les yeux, j'ai aperçu, alignés, les trophées de chasse que Barbe bleue exhibait comme ses plus hauts faits d'armes. Ceignant l'ensemble de la pièce, des têtes d'animaux, empaillées, fixées au mur, étaient condamnées à observer pour l'éternité les frasques du dernier vivant qu'elles avaient vu.

Je me suis avancée jusqu'à la table, et les flammes ont réagi comme si on les haranguait. Leurs ondulations sont devenues frénétiques, laissant croire qu'un courant d'air s'était infiltré dans la pièce. J'ai observé la cuisine. Quelque chose clochait, et j'ai mis un temps avant de comprendre. Kovač ne disposait d'aucun électroménager. Pas de frigo, pas de four, pas de lave-vaisselle. Comment faisait-il dans ce lieu pour se nourrir ? Que venait-il faire dans ce lieu, en fait ?

Tu veux vraiment le savoir ?

Pas de plafonnier, pas de lampe au-dessus de la table… Cette construction était dépourvue de réseau électrique.

Sur la table, près des bougeoirs, attendait une clé, petite et rouillée. Que pouvait-elle ouvrir ? Sans réfléchir, j'ai saisi l'objet et l'ai enfourné dans la poche de mon pantalon.

À nouveau, un couinement m'a glacé le sang. Cette fois, il provenait des hauteurs du chalet. Je me suis munie d'un des bougeoirs. *Tu vas trouver un rat. Tu vas sursauter et échapper le bougeoir. Et le feu se répandra à la vitesse des racontars qui ont ravagé ta réputation, après la Faille.*

L'atmosphère inconfortable qui régnait dans l'antre de Barbe bleue me saisissait d'effroi, et ce que j'étais sur le point de découvrir allait achever de me convaincre que j'avais mis le doigt dans l'engrenage orchestré par un fou. Les flammes du bougeoir ont longé le mur et éclairé l'animal qui avait gémi. Un chat, gris comme un ciel de novembre, m'observait de ses yeux chassieux. Ce ne pouvait être que lui qui m'avait épiée, sous la table, quelques minutes auparavant.

Et j'ai fini par comprendre pourquoi il quémandait de la sympathie.

La flamme a effleuré un des crânes d'animaux suspendus au haut du mur. Le crâne d'un autre chat, les yeux exorbités d'avoir dû constater, tout juste avant sa mort, que tous les humains n'ont pas la même bienveillance. Apeurée, dégoûtée, j'ai promené le faisceau de la flamme sur les autres crânes.

Des chats. Tous autant qu'ils étaient. Les crânes étaient ceux de chats que Barbe bleue avait dû assassiner, éviscérer, rembourrer puis fixer au mur. Kovač était chasseur… mon cul, oui. Il mutilait des animaux pour son plaisir !

En réponse au mélange de colère, d'incompréhension et de stupéfaction qui me possédait, un cri s'est élevé dans la forêt. J'avais eu le temps d'oublier qu'on était au milieu de la journée, qu'il ne faisait pas nuit, même si l'ambiance lugubre du chalet exhalait le contraire, en partie à cause de l'ombrage épais prodigué par les couverts d'arbres alentour.

J'ai essayé de me raisonner. Ma peur, mes appréhensions avaient alimenté ma perception de cet endroit. Certes, Barbe bleue avait séjourné dans un chalet éloigné de toute civilisation et privé d'électricité, entouré de chats morts exposés comme autant de victimes de ses lubies de psychopathe ; mais il n'y avait ici que des signes de son passage en ce lieu, justement. Rien d'autre.

En es-tu certaine ?

Le même cri a une nouvelle fois écorché l'apparente quiétude de la forêt, assez pour m'attirer à l'extérieur.

J'ai retrouvé la clarté diurne et me suis faufilée le long du bâtiment jusqu'à l'arrière. La forêt s'y épaississait, les arbres se rapprochant les uns des autres à cet endroit, comme pour protéger les secrets dont ils étaient les témoins.

— Il y a quelqu'un ? ai-je lancé. Mais la forêt ne m'a retourné que l'écho de ma voix chevrotante.

Je m'étais laissée prendre au jeu : le repaire de Barbe bleue m'avait instillé une peur déraisonnable que je n'arrivais pas à maîtriser. Et si quelqu'un se terrait quelque part derrière un arbre, m'observant malicieusement, je venais de me mettre à découvert.

Qui veux-tu que ce soit ? me suis-je rabrouée. *Kovač est à Baquard, il ne peut rien te faire !*

J'ai avancé parmi les branchages, espérant et craignant à la fois que le cri revienne. Un espace s'ouvrait, derrière le chalet, qui ressemblait à une petite clairière. J'ai trébuché sur une branche cambrée au-dessus du sol, et le juron que m'a arraché ma maladresse a été suivi d'un phénomène qui m'a paralysée. Des bosquets de fougères, à proximité, se sont mis à remuer et ont vite libéré des créatures inattendues. Des chats. D'autres chats. Des dizaines de chats qui affluaient dans ma direction. Ils sont passés à ma hauteur, ignorant ma présence. Ils paraissaient appelés par une mission commune, se dirigeant sans hésiter au plus profond de la forêt.

J'allais les suivre, hébétée par le phénomène, lorsque l'objet qui m'avait fait trébucher s'est imposé à mon regard. Une espèce de poignée, dissimulée sous un tapis de lichen et se confondant aux branches entrecroisées sur le sol. Cette poignée aurait été impossible à découvrir, si je ne m'y étais pas enfargé le pied. Je me suis accroupie pour tirer dessus, ce qui a dégagé un grand carré sous le lichen. Une trappe. J'ai tiré à nouveau, en vain. Elle était verrouillée.

Dans ma poche, la clé que j'avais dérobée dans le chalet s'est enfoncée dans ma cuisse lorsque je me suis dépliée pour me redresser. Pour un peu, j'aurais cru qu'elle manifestait son envie de m'aider.

• • •

L'obscurité m'avalait au fur et à mesure que je descendais l'escalier de pierre sur lequel s'était ouverte la trappe. Chaque fois que mes pieds se posaient sur une marche, des raclements de protestation du gravier allaient se répercuter dans les profondeurs de ce bunker creusé dans le sol. Une question me taraudait : était-ce Barbe bleue qui avait fait excaver cette portion de son terrain pour y aménager une pièce semi-secrète ? Par déformation professionnelle, une foule d'autres interrogations ont surgi à mon esprit.

Pourquoi aménager un bunker dans son arrière-cour ?

La police avait-elle investi cette pièce aménagée sous terre ?

À quelles activités Barbe bleue s'adonnait-il en un tel lieu ?

J'ai descendu l'escalier jusqu'à être drapée d'une épaisse noirceur, au milieu de ce que je devinais être les contours d'une pièce carrée, saturée d'humidité et dont le silence était parfois ponctué du *ploc* insistant d'un liquide qui gouttait sur le sol. La trappe, au-dessus de moi, s'est soudain refermée dans un claquement qui m'a fait sursauter.

Je n'étais pas de nature peureuse, mais cette boîte de béton souterraine donnait froid dans le dos. Je me suis servie de mon cellulaire pour m'éclairer. Un des murs du bunker était grimé de ce qui s'apparentait à des symboles cabalistiques.

Parmi un délire d'inscriptions énigmatiques, un symbole plus imposant se détachait au centre du mur. Une étoile à cinq branches, contenue dans un cercle et ornée de pictogrammes que je ne savais pas déchiffrer. J'ai eu le réflexe de le prendre en photo, sans savoir si le cliché allait se révéler de qualité.

Le faisceau lactescent de ma lumière a raclé le mur, dévoilant progressivement d'autres écritures mystiques, comme des calculs pseudo-savants d'un halluciné ou des idéogrammes destinés à un peuple venu d'un autre monde.

Quand la lumière a touché le mur du fond, les inscriptions ont disparu.

Mais elles ont laissé place à beaucoup plus immonde.

• • •

A priori, j'aurais dû me réjouir. Je venais de les découvrir.

Mais comment se réjouir à la vue de ces trois corps, alignés devant le mur de béton, froidement cordés comme s'ils y étaient exposés ? J'ai lutté du mieux que je l'ai pu contre la peur qui me serrait les entrailles. Tout à coup, j'avais froid, comme on peut avoir froid en affrontant la cruauté de l'hiver. Ma main tremblait, mais à présent que j'avais vu, il n'était pas question de retirer le faisceau lumineux de ce trio de malheureuses.

Comment franchit-on les limites de la raison?

Un pas à la fois.

J'ai posé un pied devant l'autre, l'éclairage ne cessant de mettre en évidence les trois victimes devant mes yeux. Elles étaient bardées de corde à toron et de ruban à conduits, les bras serrés le long du corps. Barbe bleue les avait saucissonnées pour qu'elles ne se débattent pas. De plus près, leur supplice m'apparaissait dans son horreur la plus crue.

Des crochets de boucher, au plafond, ayant percé leur chemin dans la chair putréfiée, agrippaient chacune des victimes par les clavicules. Chaque femme portait encore sa robe, maculée de sang et d'autres fluides; de terre aussi. Les crochets maintenaient les corps suspendus à quelques centimètres du sol, comme des carcasses de viande dans une boucherie.

Les raisons pleuvaient d'éprouver ici une épouvante pure. Je savais que j'assistais à un moment charnière de mon existence, et que ce moment allait me léguer des séquelles inaltérables. Mon bras s'est fatigué et il m'a fallu le reposer. Comme si restituer à ces corps la pudeur qu'ils méritaient reportait l'attention sur moi-même, ce retour dans l'obscurité m'a fait prendre conscience de la réalité de ma propre personne dans cet endroit lugubre. Sur mes joues s'était déposée une sensation mouillée : je pleurais. Pas tant à cause de l'odeur – étrangement, trois cadavres auraient dû dégager une puanteur infecte alors que ce n'était pas le cas – mais plutôt parce que je *ressentais*, en quelque sorte, le supplice que ces femmes avaient enduré. Mes velléités carriéristes avaient soudainement fichu le camp devant l'indicible. Une nouvelle idée m'a traversé l'esprit. Un constat, aussi froid que l'air humide de ce souterrain : Barbe bleue ne méritait pas l'attention que promettait de lui attribuer le livre que je préparais. Il me fallait me rétracter. Anne Cadette avait raison : cet homme était un monstre, et publier le récit de ses méfaits n'allait qu'ajouter au culte sensationnaliste qui semblait réservé aux tueurs en série de ce monde, dont on reconnaissait les noms, alors que ceux de leurs victimes sombraient dans l'oubli.

Mais une réalité, tout aussi froide, m'a frappée de plein fouet.

Maintenant, je savais. Je *savais.* J'avais vu ce qu'il avait fait. Non seulement allais-je devoir vivre avec ces images horrifiantes, mais il était de mon devoir de prévenir la police.

Une fois le choc de l'horreur passé, certaines questions vinrent me hanter : comment se faisait-il que la police n'avait pas découvert ces corps ? Simeón Kovač avait été accusé de meurtre. N'avait-on pas fouillé le moindre recoin de son existence ? Comment avait-on pu bâcler l'enquête au point de ne pas déceler cette trappe à même le sol de sa propriété ?

Surtout, il m'apparaissait que ces trois cadavres auraient dû présenter des signes de décomposition nettement plus avancée. Or, la chair, si elle semblait putride par endroits, s'agrippait encore aux os, et aucun signe n'indiquait que les insectes pilleurs de l'après-vie avaient entrepris la colonisation des corps. Les cadavres étaient-ils ici depuis si peu de temps ? Qui les y avait apportés, si ce n'était pas Barbe bleue ?

Comme fascinée par ce qui m'effrayait, ou peut-être par désir d'imprimer définitivement les visages de ces trois femmes mortes trop jeunes et dans la souffrance, j'ai examiné dans le détail les cadavres suspendus.

Une à une, j'ai observé ces femmes, me forçant à assumer l'insoutenable. *Ton châtiment, Iris : tu as voulu savoir ; maintenant, tu sais. Et il y a un prix à payer pour toute connaissance.*

Quelque part au-dessus de moi, quelque chose a bougé, ou du moins a produit un grattement bien vivant. Je me suis persuadée que c'était sans doute le troupeau de chats aperçus plus tôt qui rôdaient autour de la trappe du bunker, à la manière de cerbères. Ou de psychopompes. Dans la mythologie, on confère à de nombreux animaux le rôle de *passeurs d'âmes*. Ces chats, déployés par dizaines dans cette portion de la forêt, étaient-ils venus s'approprier les âmes des morts pour accompagner leur traversée dans l'autre monde ?

Je me suis secouée. Voilà que je divaguais, que je prêtais foi à des mythes païens.

J'ai focalisé mon attention sur les victimes. Laquelle était Léonie ? Et Aglaé ? Et Coralie ? Depuis quand Barbe bleue les avait-il confinées dans ce sinistre caveau ?

La première avait été énucléée. Ses orbites vides fixaient le néant, nécrosées par le temps et grugées par des visiteurs du règne animal ou entomique. Le crâne de la deuxième avait été décalotté : son scalp pendouillait négligemment le long de son visage, sa longue tignasse brune, engluée de sang, suivait le galbe de sa poitrine comme un entrelacs de fines vipères. La troisième, enfin, avait eu la gorge tranchée : une large plaie s'ouvrait comme une gueule dont le rire pourpre avait cascadé par jets puissants sur son vêtement de corps.

Un réflexe m'a fait ramener brusquement l'éclairage sur la première. Son corps paraissait se balancer au-dessus du sol. J'aurais cru à l'effet du déplacement de l'air ou de l'énergie cinétique que produisait peut-être ma présence dans la pièce. Mais un autre détail m'a éclaboussée d'horreur.

Ses yeux avaient tout à coup retrouvé leur place dans leurs orbites.

Je n'ai pas pu retenir le hurlement qui a pris naissance tout au fond de ma gorge. Des frissons ont dévalé mon échine, ont couru se réfugier jusqu'à mes reins. J'ai détalé comme devant ma propre mort, j'ai grimpé l'escalier en sautant des marches. Mes mains se sont posées d'instinct sur la trappe.

Seulement, il ne me servait à rien de pousser. Le lourd panneau de bois refusait d'obtempérer. J'ai poussé et poussé, de toutes mes forces. En vain.

À mon tour, j'étais prisonnière de cet endroit, en compagnie de ma peur. Et de trois cadavres, dont au moins un s'était métamorphosé depuis que je l'avais découvert.

À ce moment, des chuchotements ont émané des profondeurs du bunker, tandis que j'avais l'épaule appuyée contre une trappe qui s'acharnait à me maintenir sous terre. Puis les chuchotements se sont mués en murmures, qui ont monté jusqu'à moi pour me communiquer une réalité invraisemblable.

Quelqu'un, dans cette prison bétonnée, s'adressait à moi. Et je pouvais discerner ses paroles.

« La clé est dans la tête. »

• • •

Une mélopée scandée d'une voix râpeuse – le genre de voix qui émanerait de la gorge d'une trépassée. *« La clé est dans la tête. »*

Je n'arrivais pas à me décrisper, à décoller mon corps de ce panneau épais qui refusait de me laisser sortir. Tout en bas, un raclement a griffé le sol de béton. *Elles ne peuvent pas bouger. Les cadavres ne marchent pas. Les cadavres ne marchent pas.* Des rats, alors ? Comment seraient-ils entrés ici ?

« La clé est dans la tête. »

Cette voix d'outre-vie, terrifiante, empreinte de toutes les nuances de la douleur. J'avais dû ranger mon téléphone pour pousser à deux mains sur la trappe de bois, mais même dans les ténèbres, je pouvais sentir que quelque chose se déplaçait à proximité, au bas de l'escalier.

«Reviens, Iris. La clé est dans la tête.»

J'ai compris que si je voulais sortir d'ici, il me fallait trouver la clé qui ouvrait la trappe de l'intérieur. Une cruelle excentricité née de l'imaginaire tordu de Barbe bleue : le verrou intérieur n'était pas le même que celui qui était colonisé par le lichen, à l'extérieur.

J'ai pris ma peur à bras-le-corps et suis redescendue parmi les mortes. On aurait dit qu'un mouvement brassait l'obscurité. Improbable vision : moi-même, accroupie devant les trois corps, acceptant leur offrande – une coupe de sang, que je buvais goulument!

Mon vœu le plus cher, en cet instant, était fabriqué à même les fibres de l'impossible : revenir en arrière, n'avoir jamais permis à ma curiosité de me guider jusqu'ici. Essuyer de ma mémoire les images de ce trio du sous-monde.

L'invocation reprenait comme un mantra. *«La clé est dans la tête.»*

Vraiment? Allais-je *vraiment* faire ce à quoi je venais de penser?

J'ai rallumé. Me suis approchée. Le faisceau a effleuré timidement le mur des mortes.

Il en manquait une.

Le mouvement dans le noir… il était le fait de la première des victimes, sans doute, qui errait désormais dans la pièce, prête à bondir sur moi ou à inscrire sur ma rétine des images indélébiles.

Tu es là. Je te sens derrière moi. Tu guettes mes mouvements, tu m'épies pour savoir si je comprends tes indications.

Alors j'ai obéi. J'ai fait face à la victime au crâne ouvert. J'ai plongé ma main dans sa tête, tâtant la matière molle et fatiguée qui n'avait pas encore servi de repas au cortège de pilleurs nocturnes. Mes doigts se sont enfoncés dans du gélatineux, du gluant. Le corps était surélevé par rapport à moi, je n'avais aucune idée de ce que je touchais. Puis, au terme d'une fouille insupportable, mes doigts ont tâté un objet dur. Je l'ai pincé entre pouce et index. Une clé. Étrangement, les vers de Baudelaire cités par Kovač ont ressurgi dans ma mémoire.

Un malheureux ensorcelé
Dans ses tâtonnements futiles,
Pour fuir d'un lieu plein de reptiles
Cherchant la lumière et la clé

Je me suis précipitée au haut de l'escalier. Mes mains tremblantes hésitaient à tenir la clé avec assurance. Je l'ai insérée dans le verrou. La trappe a accepté de se soulever. Dehors, la teinte fade du jour montrait que beaucoup de temps avait passé. Je me suis hissée hors de ce trou.

Avant de refermer la trappe, j'ai perçu un long soupir qui montait du souterrain.

Encore aujourd'hui, je le jurerais sur mon âme.

7

J'ai dévalé l'autoroute Laurentienne comme un long frisson. J'étais à présent chargée d'un savoir qui s'accompagnait d'autant de responsabilités. La plus urgente : communiquer avec la police. Or si j'appelais les flics pour dénoncer Barbe bleue, pourquoi me croirait-on? J'anticipais qu'on allait certainement me cerner, me trouver louche, et que c'était *moi* qu'on allait cuisiner. *Que faisiez-vous chez lui? Vous avez ignoré les règles d'invasion d'une propriété privée? De quel droit êtes-vous descendue dans cette crypte au fond des bois? Vous saviez déjà ce que vous y cherchiez, n'est-ce pas?*

Dans l'empressement, j'avais conservé la clé, enfoncée dans la poche de mon jeans. Mais laquelle : celle qui ouvrait de l'extérieur ou de l'intérieur? L'autre clé était restée dans le bunker!

Une idée m'est venue spontanément.

Le type de l'histoire d'un soir. Sébastien. Il m'avait dit qu'il était policier.

• • •

En rentrant chez moi, d'instinct j'ai verrouillé toutes les entrées possibles. Je me suis écrasée dans le divan et j'ai fondu en larmes.

Dans quoi avais-je mis les pieds ? Je ne cessais de revoir les corps meurtris des victimes de Barbe bleue. Et cette phrase qui tournait en boucles dans mon esprit…

La clé est dans la tête.

Rien qu'à repenser que j'avais plongé ma main dans cette bouillie informe pour saisir ma seule possibilité de sortie… J'en avais la nausée.

J'ai pris un bain bien chaud, question de nettoyer ce que cette journée avait déposé sur moi – une pellicule de culpabilité. Je me sentais sale d'avoir été aussi opportuniste, d'avoir voulu restaurer mon nom aux dépens des trois jeunes femmes qui avaient subi des sévices inexprimables aux mains de Barbe bleue.

Que j'écrive ce livre ou pas, il fallait que Simeón Kovač paie pour ses crimes.

Au sortir de la salle de bain, j'ai aperçu la clé, que j'avais déposée sur la table de la cuisine, machinalement, sans m'en rendre compte. J'étais revenue à la maison dans un état de semi-conscience, obnubilée par ce que j'avais découvert dans la crypte de Barbe bleue. La clé était tachée de sang. Ce devait donc être celle que j'avais puisée dans la tête d'une des mortes.

J'ai rincé, frotté, poncé, rincé encore. Rien à faire. Quand le sang disparaissait d'un côté, il semblait plus foncé de l'autre. Cette clé paraissait vouée à me rappeler les affres de ma curiosité.

J'avais besoin d'aide.

•••

Je lui avais donné rendez-vous au parc du Domaine Maizerets en début de soirée, en prenant la peine de préciser que ce n'était pas un rendez-vous pour qu'on couche ensemble. Quand je suis arrivée, Sébastien s'y trouvait déjà.

Les premières minutes ont donné lieu à tout l'inconfort qu'on pouvait anticiper. J'ai eu du mal à le reconnaître, puisqu'il avait changé de look en quatre ans. Ses cheveux avaient grisonné, et pourtant il n'avait pas encore quarante ans. Mais une part de moi – enfouie dans un recoin de ma conscience et ensevelie sous plusieurs couches de préoccupations diverses, comme on peut enfouir un vieil album de photos gênantes ou incriminantes – n'a pu s'empêcher de trouver Sébastien mignon… et de comprendre pourquoi il m'avait séduite ce soir où j'avais besoin de réconfort, où j'ai eu besoin de quelqu'un qui pouvait me faire croire que je valais mieux que d'être un pisse-vinaigre qui avait provoqué la mort d'un politicien.

– C'est idiot, ai-je dit, je me rends compte que je ne connais même pas ton nom au complet…

Il a souri.

– Sébastien Hade. *Sergent* Sébastien Hade, a-t-il précisé.

– Merci d'être venu.

– Alors, qu'est-ce que t'es devenue, depuis quatre ans ?

– Tu ne veux pas savoir, ai-je rétorqué. Et j'ai regretté sur-le-champ de me montrer aussi peu affable. Écoute… c'est au policier que je veux parler, pas à l'ancien amant.

Il a hoché la tête. J'ai néanmoins hésité.

– Qu'est-ce qui se passe, Iris ?

Toute cette verdure, ce boisé autour de nous, me troublait, et j'ai déploré d'avoir eu l'idée de nous donner rendez-vous ici. En d'autres circonstances, le Domaine Maizerets est un endroit paisible, vaste et hors de l'espace. On y oublie qu'on se trouve en milieu urbain. Mais ce soir-là… après ce dont j'avais été témoin dans les bois de Stoneham… C'était une mauvaise idée. Je regardais, au loin. J'appréhendais une vague de chats investis d'un but commun. Je m'attendais à voir surgir une silhouette qui aurait patienté derrière un arbre, attendant le moment propice pour se rappeler à moi – comme si je risquais d'oublier ce que j'avais vécu quelques heures plus tôt.

– Iris… Il y a un problème ? Tu peux me parler, tu sais.

Il a ensuite fait un geste qui m'a surprise, mais qui m'a surtout ravie, je dois l'admettre. Il a pris ma main dans la sienne. Un nid chaud pour réchauffer ma patte moite et transie. Je me sentais perdant le contrôle de mon corps. L'espace d'un instant, j'ai craint de défaillir, de me mettre à brailler comme une jeune fille qui vient de comprendre, après tout le monde, que l'humain est capable des pires atrocités. À ce moment précis, j'ai saisi que la Faille m'avait laissé une empreinte indélébile : je ne me remettrais jamais totalement de cet épisode qui avait défini mes années à venir. Il y avait l'Iris d'avant la Faille, et l'Iris d'aujourd'hui. Et Dieu que je m'ennuyais de celle que j'incarnais auparavant…

– Ce n'est rien. Je réfléchis trop. Il y a toujours du mouvement dans cette petite boîte, ai-je fait en désignant ma caboche.

– Tu peux me parler, Iris. Je… je suis policier, mais… tu sais que je me permets certaines *latitudes*.

Cette remarque m'a semblé incongrue. Sébastien était un être de passage, une silhouette apparue provisoirement dans mon existence, à un moment où j'étais tout à fait vulnérable. Je ne partageais rien avec lui, ni même le souvenir entier de la soirée passée en sa compagnie – il s'agissait, quand j'y repensais, de clichés sporadiques, presque comme des séquences stroboscopiques. Cette invitation à la confidence me paraissait déplacée de sa part. Trop hâtive, pour quelqu'un qui ne m'avait jamais revue depuis quatre ans.

— Sébastien… J'ai… j'ai été témoin de quelque chose de terrible. Et je ne sais pas par où commencer pour que la suite se fasse de la bonne manière.

Alors j'ai tout déballé : le projet de livre, la rencontre avec Barbe bleue, les révélations d'Anne Cadette et la visite à Stoneham. J'ai gardé par-devers moi la description des phénomènes que j'avais perçus, une fois dans la crypte où croupissaient les victimes. Les chats, aussi : Sébastien m'aurait dit que ça existe, des chats en grand nombre, dans un même voisinage, même si… Enfin.

Il m'a sondée du regard. Je pourrais me tromper, mais j'ai senti que ses velléités de renouement, selon la conception qu'il en avait, s'étaient évanouies.

— C'est grave, ce que tu racontes, Iris. C'est du sérieux. Si tu confies ça à un policier, je veux dire de manière *officielle*, on va te demander ce que tu faisais chez Kovač.

— Je sais…

— Tu dis avoir vu des inscriptions sur les murs… Ça ressemblait à quoi, au juste ?

J'ai essayé de décrire les symboles cabalistiques, puis la fatigue s'est emparée de moi et je me suis impatientée devant mon incapacité à être claire et précise. À proximité de nous se trouvaient les circonvolutions du labyrinthe aménagé dans ce parc pour amuser les gens. C'était un tracé de deux cents mètres de sentier tout au plus, bordé d'une haie de cèdres à travers laquelle des enfants pouvaient se faufiler, s'ils se perdaient en chemin. À l'heure qu'il était, tout le monde pouvait paraître suspect, mais il m'a semblé apercevoir un homme qui s'est engouffré dans le labyrinthe sans détacher ses yeux de moi.

Je me suis tout à coup rappelé que j'avais pris une photo du dessin tracé sur le mur du bunker. Elle était sombre, mais on distinguait l'essentiel.

Sébastien y a jeté un coup d'œil, l'air perplexe.

– Les cinq symboles… qu'est-ce que c'est?

– Aucune idée, ai-je répondu. Mais c'est cette espèce de pentacle qui se détachait du reste.

– Moi, je n'y connais rien, Iris… Mais je peux me renseigner, si tu veux.

– Non, je préfère m'en occuper, ai-je répliqué illico. Je ne veux pas que d'autres personnes soient mêlées à cette histoire.

– Je te comprends, a fait Sébastien en souriant.

Quoi qu'il fasse, chacun de ses mouvements, chacune de ses mimiques déclenchait les mécanismes de la séduction.

– En attendant, a-t-il ajouté, qu'est-ce que tu comptes faire? Plus t'attends avant d'aller voir la police, plus tu te mets dans le trouble… Je peux protéger ton secret, mais il y a des limites à ce que je peux faire sans risquer de tomber…

– Je ne sais pas, Sébastien… Je me sens si seule et si désemparée. Je ne voulais pas tout ça… Je voulais juste…

– Une bonne histoire? Ça, pour en être une…

On s'est dirigés vers la sortie. J'étais rasséréné de ressortir indemne de ce parc. Mais un étrange abattement m'a alourdi l'âme quand est venu le temps de remonter dans ma voiture et de regagner mon logement solitaire, vide, et si invitant pour les fantômes de ma journée.

– Sébastien...

Je lui avais annoncé qu'on ne coucherait pas ensemble.

J'avais menti.

8

12 juillet 2021

– *T'en veux encore?*

– Oui, dis-je avidement.

Il prend le calice et l'approche de mes lèvres. Le liquide chaud se déverse dans ma bouche, dans ma gorge, me réchauffe la poitrine et le ventre. Et, dans un cri triomphal qui a pris naissance quelque part en moi, quelque part où je ne suis jamais allée auparavant, je jouis comme ce n'est pas permis.

• • •

La nuit s'est avérée envoûtante, comme si Sébastien et moi avions régulièrement baisé comme des enragés, depuis notre rencontre fortuite quelques années auparavant. À l'époque, j'étais amochée et éméchée, au point de donner à Lindsay Lohan des airs de parangon du bien-être ; mais cette fois, j'avais conscience de tout. Nos ébats ont été suivis de rêves hypnotiques dans lesquels Sébastien et moi étions entourés de témoins qui, étrangement, ne m'incommodaient aucunement. Au contraire, ils déchaînaient en moi des pulsions insoupçonnées. La quête de réhabilitation que je menais en fouillant le passé de Barbe bleue influençait mes rêves et mes pensées, et je mentirais si je disais que je n'avais pas compris que la découverte des cadavres, dans le bunker de Stoneham, teinterait mes nuits à venir.

Au réveil, Sébastien était parti de chez moi – sans doute pour nous éviter l'inconfort des adieux et autres paroles creuses d'avant le premier café. Tant mieux. Un lourd programme m'attendait.

Le secret que je portais comme un fardeau me comprimait la poitrine, ce qui n'était rien de bon pour une fumeuse compulsive comme moi. J'ai grillé quatre clopes et deux feux rouges avant de garer ma voiture au stationnement D'Youville.

Le silence enveloppant du Morrin Centre allait peut-être éclairer ma lanterne. Ancienne prison commune de Québec, l'édifice situé sur la Chaussée des Écossais, dans le Vieux-Québec, a été converti en 1868 en bâtiment culturel et accueille depuis la *Literary and Historical Society of Quebec*, la plus ancienne société savante du Canada. Si on me demandait à quoi ressemble la bibliothèque de mes rêves, je répondrais que je ne l'ai pas vue en rêve et qu'elle est bien réelle. L'enceinte principale du Morrin Centre accumule, sur deux étages, des ouvrages témoignant de nombreux siècles de réflexion et de culture. Certains diront qu'il s'agit d'une bibliothèque comme une autre, mais ce sont les mêmes qui croient qu'une église peut être convertie sans vergogne en immeuble à condominiums. Je faisais partie des êtres sensibles à l'histoire, aux vibrations, à l'*âme* d'un lieu, et le simple fait de m'installer dans cet endroit, encore empreint des effusions savantes de ceux qui m'avaient précédée, m'emplissait d'une quiétude et d'une rigueur auxquelles je n'avais pas accès ailleurs.

Le Morrin Centre avait beau inspirer une culture et une érudition d'une autre époque, il m'a quand même fallu tricher et réquisitionner les services du copain Google et du catalogue en ligne de la bibliothèque. J'ai empilé sur ma table de nombreux ouvrages hétéroclites sur le satanisme, la cabale et les rites occultes, résolue à élucider la nature et la signification du pentacle qui maquillait un mur du bunker de Barbe bleue.

Les heures qui ont suivi se sont égrenées sans que je m'en rende compte. Le temps s'est arrêté et m'a laissé fureter dans les livres avec la délectation de Borges dans la bibliothèque de son père. Si la symbolique revêtait une réelle importance pour Simeón Kovač, j'allais débusquer ses moindres secrets. Et, l'espérais-je, je cernerais les intentions qui avaient motivé l'assassinat des trois femmes dont il avait confiné les cadavres dans son bunker.

Plusieurs tueurs en série considèrent leurs méfaits comme partie intégrante d'un *projet*, d'un tableau global qu'ils sont les seuls à comprendre. Barbe bleue opérait de la même manière, j'en étais de plus en plus convaincue. Charles Manson avait halluciné une conspiration inspirée de la pièce « Helter Skelter » des Beatles. Barbe bleue était-il aux prises avec des symptômes comparables ? Sa mégalomanie franchissait-elle les limites de la pathologie ?

Il était impensable d'étudier les représentations du diable sans s'attarder à Baphomet, une créature hybride et particulièrement hideuse que le docteur Frankenstein lui-même aurait eu du mal à assembler : tête de bouc, barbe broussailleuse, parfois des seins féminins proéminents, quelquefois des serres d'aigle ou des sabots hircins à la place des pieds, et dans certaines versions, des ailes de chauve-souris. Il existait autant de déclinaisons de Baphomet que d'incarnations du Mal. L'union du règne animal et de la race humaine, de l'homme et de la femme.

Chacune des représentations de Baphomet le montre arborant un pentagramme sur le front. En l'observant, je me suis rappelé que le front de Barbe bleue était labouré de cicatrices maladroites. J'étais de plus en plus convaincue qu'il avait tenté de graver dans sa chair le pentagramme de Baphomet. Une croix à cinq branches, dont les ouvrages ouverts sur ma table disaient qu'il était un moyen de conjuration et d'acquisition de la puissance. Le pentagramme constituait une synthèse de forces complémentaires.

Une nouvelle question m'est venue en tête : était-ce ces *forces complémentaires* que désignaient les symboles indéchiffrables qui s'intercalaient entre les pointes du pentagramme, dans l'inscription trouvée dans le bunker ? On disait du pentagramme que ses cinq branches étaient l'union du 3 (le principe mâle) et du 2 (le principe féminin) : une autre manifestation de l'androgynat, l'union des inégaux. Je me suis arrêtée pour réfléchir. Barbe bleue avait mutilé trois femmes ; quatre, si on considérait ce qui était arrivé à Dolorès Cadette, morte exsangue chez lui. À ma connaissance, il n'avait tué qu'un seul homme : son avocat, Jérôme Vergès. Le compte était inégal.

Comment attribuer du sens à ces élucubrations d'illuminés ? Puis une pensée m'a traversé l'esprit avec la fureur d'une apparition dans le brouillard.

Il a peut-être fait d'autres victimes.

J'avais découvert les cadavres de Léonie Lalemant, Aglaé Simoneau et Coralie Beauregard. Kovač avait pu frapper ailleurs et dissimuler ses méfaits.

J'ai repris mon étude. Au tarot de Marseille, la quinzième carte, nommée « Le Diable », présente une créature imposante et menaçante. À ses pieds se trouvent une femme et un homme, enchaînés l'une à l'autre, comme subjugués par lui. *Où est le lien avec les mortes de Stoneham?* me torturais-je.

Au terme d'innombrables heures de lecture, je me suis levée, courbaturée et épuisée, les yeux exorbités par tant d'efforts. L'envie pressante d'une cigarette me tourmentait, mais je devais résister à l'appel de mon poison préféré : si je sortais, je risquais de perdre mon élan. Les enseignements de ces livres s'entrechoquaient dans mon esprit. J'ignorais quelle place leur était réservée dans la logique de Barbe bleue. *La logique? Il n'y a pas de logique, voyons!* me suis-je sermonnée. *Kovač agit de façon impulsive, guidé par sa folie! C'est un fou furieux qui a assassiné son avocat en plein palais de justice!*

J'essayais de me persuader, mais quelque chose – appelons cela *l'instinct* – me dictait que j'avais raison de croire que Barbe bleue agissait selon un code qu'il semblait jusqu'à présent le seul à connaître. Ce pentacle décorant le mur du bunker n'était pas improvisé. Kovač vouait une affection à Baudelaire, il connaissait par cœur les suppliques que le poète adresse à Satan. Rien ne pouvait être laissé au hasard, dans les plans d'un tel halluciné. Et c'était le plus effrayant.

Je me suis dégourdie, m'imprégnant de l'atmosphère du Morrin Centre. Sous la couche d'érudition, de classe et de raffinement qui vernissait cet endroit d'un lustre certain, je décelais malgré tout une fine strate du caractère malicieux des manoirs victoriens infestés d'âmes en peine, et qui glacent le sang, même des esprits les plus rationnels. Les bruits étaient étouffés par le silence obsédant, le son des pas sur le plancher de bois ne claquait pas comme ailleurs. Cette bibliothèque séculaire semblait vivre hors du temps et des lois du monde telles que nous les connaissons.

J'échangeais un livre pour un autre lorsqu'une ombre a glissé sur la table, nappe furtive qui m'a fait sursauter. J'ai inspiré profondément. Il n'y avait que quelques jours que je planchais sur le dossier de Simeón Kovač, et déjà mon niveau de stress atteignait des pics imprévisibles, tandis que la durée de mes nuits fondait comme de la cire de chandelle.

Un coup d'œil autour de moi m'a permis d'apercevoir un vieux bibliothécaire, affairé au classement, quelque part sur ma droite. Mais jamais un homme de son âge n'avait pu se mouvoir avec assez de vélocité pour traîner dans son sillage l'ombrage qui avait effleuré mon plan de travail.

À l'étage, posté dans un angle de la mezzanine, la statue d'un militaire anglais de l'époque de la Conquête m'observait, obstinée, cherchant à prendre en défaut celle qui fricotait avec le Mal et ses incarnations. Mon impression d'être épiée a été renforcée par la découverte d'un buste, posé sur une longue table à ma gauche. Un écrivain ou un philosophe des temps anciens. Il était barbu, ce qui ne manqua pas de me rappeler celui qui monopolisait mes jours.

J'ai dû m'efforcer pour retrouver ma concentration. Un ouvrage intitulé *Kabbale : savoir lire l'autre monde* m'intriguait depuis que je l'avais prélevé de son rayon. J'ai employé les minutes qui ont suivi à en éplucher les pages, jusqu'à repérer des informations qui m'ont coupé le souffle. Il m'est arrivé d'expérimenter de nombreuses substances dans ma vie, pour soutirer les sensations les plus voluptueuses, mais aucune d'entre elles n'équivaut au flux d'adrénaline qui vous ensorcelle au moment de la découverte. J'avais même lu un roman à suspense dans lequel un enquêteur, dans les moments les plus cruciaux de révélation de la vérité, percevait un goût particulier sur sa langue.

Sur une page apparaissait un relevé de signes hébraïques comme ceux qui grimaient le pentacle du bunker. J'ai pris soin de photographier la page, puis j'ai récupéré la photo du pentacle que j'avais prise à Stoneham. À mon grand étonnement, les cinq inscriptions du pentacle figuraient sous mes yeux, dans le livre :

אפלה דעת אור השמיים תהום

Dans l'ordre : le Vide, les Cieux, la Lumière, l'Esprit et les Ténèbres.

Un bruit sourd en provenance d'une pièce adjacente m'a paralysée. Le bibliothécaire venait d'échapper quelques ouvrages, et son long corps de héron s'est plié pour les récupérer. *Idiote,* me suis-je infligé. *Calme-toi. Tu ne survivras pas à ton projet, si tu ne gères pas mieux tes émotions.* Une autre pensée inopportune m'a parasité l'esprit : les trois victimes croupissaient dans le bunker, et je sentais que je les abandonnais. Qu'attendais-je avant d'alerter la police ? Rassurer les proches de ces victimes valait bien qu'on me questionne sur mes allées et venues à Stoneham, non ? Je n'aurais qu'à exhiber ma documentation sur Kovač et on me ficherait la paix. Peut-être même qu'on me remercierait d'avoir mis fin à un temps fou de recherches.

Fermer les yeux, respirer, me focaliser sur mes recherches.

Voir le buste, dans l'angle mort, qui remue les lèvres.

L'entendre chuchoter.

La clé est dans la tête.

Il est difficile de conserver le naturel de vos mouvements lorsque le sang dans votre corps décide de se figer, de cesser d'alimenter organes et tissus. Ma peau s'est hérissée de poils affolés et, dans mon énervement, j'ai renversé à mon tour quelques ouvrages sur le sol.

– Ça va, madame?

Il m'a fallu un délai de quelques secondes pour prendre conscience que c'était le vieux bibliothécaire qui m'adressait la parole.

J'ai rapatrié mes effets personnels et suis partie, abandonnant derrière moi un vieux bibliothécaire, sourcils retroussés, et quelques ouvrages qui m'avaient précieusement aidée…

Et cette voix qui s'était à nouveau manifestée, dans mon dos.

La clé est dans la tête.

• • •

Soir de brume inhabituelle pour juillet en pleine ville. La pluie battante lavait Québec de ses excès. Au carré D'Youville, des passants hardis déferlaient à la vitesse de l'eau dans les caniveaux, traînées de lave humaine descendant vers la Basse-Ville.

J'ai filé à travers les trombes jusqu'au stationnement pour retrouver ma voiture. Derrière le rideau de la pluie, l'air était frais, pour juillet. Il me fallait une cigarette. Machinalement, j'ai levé les yeux, peut-être pour voir si le ciel prévoyait se calmer ou s'il projetait de me rincer du mal que je remuais depuis quelques jours. Ou peut-être simplement parce qu'il *fallait* que je lève les yeux à ce moment-là. En surplomb, posté comme un vigile à l'embouchure du tunnel qu'on avait pratiqué dans la roche pour aménager le stationnement D'Youville, un homme m'observait. J'ai à peine eu le temps de poser les yeux sur lui que sa main sortait de son imperméable pour me signifier de le suivre.

Depuis la Faille, certains auraient affirmé que j'adoptais un comportement autodestructeur. Je m'étais mise à fumer ; mes nuits étaient de brèves parenthèses au cours desquelles je ne parvenais pas à trouver le repos ; je combattais quotidiennement l'image de mes parents, honteux d'avoir mis au monde une ingrate qui les avait mis dans l'embarras ; je ressassais la mort injuste de mon père, disparu avant que je daigne essayer de me raccommoder avec lui ; j'imaginais ma mère, noyée dans la solitude et le chagrin ; je buvais une bouteille de rouge à moi toute seule chaque fin de journée ; je m'entêtais à forer le sol boueux et nauséabond qu'avait foulé un tueur en série si mystérieux et dissimulateur que les autorités n'arrivaient pas à percer tous ses secrets à jour.

Et à présent, je consentais à suivre un étranger. Jusqu'au-boutiste dans l'autodestruction. Ne manquait plus qu'un conducteur de dix-huit roues m'invite à m'allonger au centre de la chaussée pour mieux me passer dessus.

• • •

L'inconnu ne m'avait pas attendue. Il se dirigeait vers l'est, sur la rue Saint-Jean, escomptant que je m'étais engagée à sa suite, coûte que coûte. Il portait un fédora et un imperméable gris. Déchirant les voiles de pluie accentués par la lumière qui tombait des lampadaires, son parcours empruntait une esthétique de film noir. Je l'ai suivi, péniblement, haletant à cause du faux plat, de l'anxiété que suscitait son énigmatique invitation, mais aussi parce que l'eau de pluie m'avait détrempée, et que mon corps commençait à protester contre autant d'assauts.

J'ai remonté l'avenue Honoré-Mercier, m'assurant de pister l'inconnu, qui a fini par me mener jusqu'à la fontaine de Tourny.

Même si l'averse n'indiquait aucun signe de ralentissement, les piétons circulaient librement, la plupart protégés sous les parapluies qui fleurissaient à perte de vue. Où était passé l'inconnu ? Tant de gens s'amassaient ici que je l'avais perdu de vue. Le mouvement des passants produisait un effet de portes tournantes : personne ne restait en place, des baleines de parapluie me heurtaient, l'une d'elles m'ayant griffé la joue.

J'allais abandonner et regagner le stationnement quand une main s'est posée sur mon épaule.

– Iris Tellier ?

Un accent aussi épais que les remparts qui avaient fortifié la ville, en temps plus précaires. Je me suis retournée pour apercevoir un homme un peu plus petit que moi, que je protégeais de la pluie en lui faisant face. Il essayait d'appliquer sur son visage un air avenant, mais c'était aussi peu naturel que si un écureuil tentait d'imiter Frank Sinatra.

– C'est vous, Iris Tellier ?

J'ai hoché la tête. Le mouvement des passants m'étourdissait. L'effet de masse devenait hypnotique comme un manège en mouvement.

L'inconnu a mis la main dans son manteau et a fait se matérialiser une grande enveloppe protégée par une pochette de plastique.

– C'est pour vous, a-t-il dit, laconique.

Sans réfléchir, j'ai attrapé ce qu'il m'offrait. Il aurait pu y avoir inséré un sachet d'héroïne, des preuves m'incriminant d'organisation de combats de chiens, ou même quelques-uns de ses étrons personnels, je n'y aurais vu que du feu. L'instinct m'avait fait obtempérer.

– Qu'est-ce que c'est ? ai-je fini par demander.

– Ce que vous devez savoir sur la famille Kovač.

– Qui dois-je remercier ?

– Appelez-moi Tomaš. Cadeau du consulat de la République tchèque.

– Vous êtes venu de Montréal pour me remettre *ça* ?

– Je vis à Québec. Et *ça*, comme vous dites, en vaut la peine. La famille Kovač a laissé une longue trace qui s'étend sur plusieurs siècles, en Tchéquie.

– Merci, j'imagine.

– Ne me remerciez pas, a ajouté l'homme. D'ici peu de temps, vous trouverez que j'ai ajouté à votre malheur.

9

13 juillet 2021

La nuit m'a clairement laissé savoir qu'elle n'accueillerait pas mon sommeil. Je fermais les yeux et je voyais Baphomet se balancer au-dessus de mon lit, sa tête de bouc percée de deux yeux d'un rouge chatoyant, ses serres menaçant de m'agripper pour m'entraîner dans une nuit bien plus sombre que toutes celles que j'avais connues jusqu'ici.

Aussi bien travailler, me suis-je dit.

Le dossier que m'avait remis l'homme du consulat tchèque était resté, encore humide, sur la table de ma cuisine. Je m'interrogeais encore sur les raisons qui avaient pu motiver un dignitaire à venir jusqu'à moi, journaliste dont la carrière était en jachère, affublée d'un nom et d'une réputation affadis par le temps. Me percevait-on comme une menace ? Voulait-on me dissuader d'écrire ce livre sur Barbe bleue ?

Une nouvelle question a jailli : comment avait-on appris que j'entretenais ce projet littéraire ? J'éprouvais le sentiment que des événements se tramaient à mon insu, malgré moi, au-dessus de moi, dans des sphères qui me resteraient inaccessibles. En l'espace d'une semaine, ma vie était devenue un carrefour giratoire aussi mouvementé que la mer de gens qui s'écoulait autour de moi, le soir précédent, près de la fontaine de Tourny.

Il restait six cigarettes dans mon paquet. Elles allaient toutes y passer. J'en ai allumé une, et sa fumée s'est répandue autour de moi comme l'aura d'une âme résolue à ne jamais me laisser tranquille. J'avais sifflé une autre bouteille complète de syrah à mon retour du Vieux-Québec. J'en ai débouché une nouvelle. Rien n'est trop beau pour accompagner la plongée dans l'histoire familiale d'un tueur en série sanguinaire et mégalomane.

•••

Les notes composant ce dossier sont le fruit de témoignages recueillis auprès de membres de la famille de Simeón Kovač et d'agents de la police nationale tchèque. Des extraits de séances que Kovač a consenties en psychothérapie ont également servi à étoffer le portrait global de cet homme. Il est de mon devoir de vous mettre au courant, madame Tellier. Parce que vous avez la possibilité de faire ce qui est juste.

Je me permets de mentionner, à titre très personnel, que Kovač est un criminel dangereux, et qu'il faut prendre au sérieux ses prétentions d'incarner le «Fils du Mal» – une appellation qu'il s'est donnée fréquemment, en séances de psychothérapie. J'ai essayé de lui accoler des chaperons. Ils ont connu un sort que je ne souhaiterais pas à mon pire ennemi. Je n'ai jamais réussi à prouver que leur sinistre destin a été le fait de Kovač, mais mes convictions sont profondes, tenaces.

Tomaš Nemeč, consul de République tchèque au Canada

Kladno, région de la Bohême centrale. Simeón Kovač est ramené de l'école par son instituteur, qui s'agrippe à son bras avec la même intensité que s'il cherchait à contenir le vent entre ses mains. L'éducateur se bute au majordome, qui refuse de lui libérer le passage jusqu'à Jaromar Kovač, le père de Simeón. Monsieur Kovač est le vingt-quatrième de sa lignée, depuis la fondation de la ville au XIVe siècle, à faire affaire dans le marché minier. La lignée Kovač s'est enrichie au point qu'une légende circule, dans la culture bohémienne, à l'effet que peu importe qui est élu à la tête de la ville, de la région, voire du pays, ceux qui tirent véritablement les ficelles étatiques ont en commun de faire partie de la lignée Kovač.

Jaromar Kovač finit par être dérangé par le brouhaha provenant de l'extérieur. Il est forcé de reporter son rendez-vous d'affaires en cours – et cela l'agace particulièrement, puisqu'il est sur le point d'acquérir un nouveau territoire de forage. Au milieu du XIXe siècle, la famille Kovač s'est arrogé les droits exclusifs d'exploitation du territoire avoisinant Kladno pour asseoir son monopole sur l'industrie du charbon.

– Qu'est-ce qui se passe ? s'enquiert le père, qui entend régler le différend pour mieux retourner faire honneur à la tradition de ses ancêtres – des hommes qui transigeaient à longueur de journée et laissaient à l'épouse le soin de gérer les humeurs des futurs héritiers.

– Simeón a encore sévi, dit laconiquement l'instituteur.

Jaromar soupire. Si seulement c'était un incident isolé. Son fils lui confirme, jour après jour, qu'il ne sera jamais apte à prendre sa relève. L'enfant est colérique, malicieux ; il prend plaisir à se battre dans la cour d'école, à aligner les mauvais coups. Il parle peu : tout se passe dans son esprit, qui est une fournaise à vif où brûlent les idées les plus malveillantes. Jaromar se demande souvent comment sa femme et lui ont pu engendrer quelqu'un comme Simeón.

Le père exige de l'enfant qu'il le suive. Il le confie à Piotr, un employé de la famille affecté aux tâches manuelles – parmi lesquelles comptent les punitions de Simeón.

Dans les écuries de la famille Kovač, les roncins côtoient les palefrois, sans discrimination. Simeón, s'il appartient à la haute bourgeoisie par son lignage, foule souvent le sol souillé et malodorant des écuries. Piotr l'attend muni d'une cravache pour lui infliger sa pénitence. Mais le garçon est rompu à l'exercice. Il encaisse les coups comme si chacun d'entre eux lui insufflait une puissance qui affûte son caractère.

Simeón sourit au fur et à mesure que la douleur déploie ses ailes noires pour l'entraîner dans les souvenirs. Il repense à ce gamin qu'il a agressé dans la cour d'école. Un faible, un pas de couilles, un couard qui n'a pas daigné se défendre. Simeón aime le choc que produit ce avec quoi on lui frappe la peau, les os. Il attend impatiemment le moment où les coups de Piotr ouvriront une brèche dans la peau de son dos. Il sentira à ce moment la chaleur du sang qui se répandra le long de son échine.

Dans la cour d'école, Simeón a agrippé l'autre enfant par le poignet, et sa serre – puissante, pour un garçon de son âge – a provoqué des gémissements d'inconfort qui se sont vite mués en hurlements de douleur.

Lorsque Simeón lui a redonné sa liberté, la victime, Tomás Nemeč, a pleurniché comme un bébé. Autour de son poignet s'enroulait un bracelet de rougeurs qu'il portera pendant des jours.

Si on demande à Simeón Kovač d'identifier le fait marquant de sa jeunesse, il évoque sans hésiter la découverte du Codex Gigas. *« On m'a réussi », déclare-t-il, laconique. Ses psychothérapeutes lui demandent ce qu'il veut dire, mais Kovač se contente de répondre : « Vérifiez par vous-même. » On finit par comprendre qu'il considère la représentation du diable qui a fait la réputation de l'ouvrage comme un portrait de sa propre personne. Le formulaire relevant les renseignements personnels de Simeón comporte une entrée qui a fait sourciller les psychothérapeutes.*

Date de naissance : ante urbem conditam

La référence n'a pas échappé aux esprits qui ont tâté du latin : « Avant la fondation de Rome ». Lorsque mis au courant de cette mention, Jaromar Kovač est formel : son fils est insolent, et il ne parle pas le latin.

Ce que pourraient réfuter, pourtant, tous ceux qui ont testé Simeón à cet égard. Sa connaissance de la langue morte s'avère d'ailleurs digne de mention.

Les années qui suivent voient l'identité de Simeón s'affiner dans la subversion et la provocation. La psychothérapie échoue à le purger de ses déviances et de ses pulsions destructrices. « Vous décevez vos proches », ose lui confier un psychiatre imprudent. La semaine suivante, le corps de l'homme est retrouvé décapité dans un sous-bois. Sa tête apparaît sur le pas de la porte de sa famille, accompagnée d'un mot : « À force de sonder les abîmes des autres, on en oublie son propre intérieur. Ta famille sera-t-elle déçue par ce qu'il y a dans ta tête à toi, docteur ? » Mis en arrestation, Simeón admet son crime. Piotr Jelinek, le palefrenier de la famille, avoue aux parents de Simeón qu'il est à court d'idées pour punir l'enfant et qu'il cherche encore un châtiment qui donnera véritablement l'impression de lui faire mal. L'homme a les mains calleuses à force de redoubler d'efforts pour frapper le jeune à coups de cravache.

Simeón passe quelques mois en prison, d'où on le sort presque de force après qu'il a tué puis éviscéré trois codétenus. Le jeune homme admet s'être «amusé» avec le dernier des trois, ayant tenté de trafiquer les traits de son visage pour qu'il soit le sosie du gardien de la prison. Quand on rapatrie son corps à sa famille, les proches du mort doutent qu'il s'agit de lui, tant son visage a été labouré frénétiquement par Simeón Kovač. L'État doit assumer les frais d'une analyse d'ADN pour prouver l'identité du mort avant que la famille organise ses funérailles.

Les relations politiques de Jaromar Kovač contribuent à tenir Simeón loin des prisons tchèques. Le père refuse le blâme qu'on tente de lui faire porter comme un chapeau qui le ridiculise : il ne s'est jamais montré violent envers son fils, et les châtiments infligés par Piotr Jelinek au jeune Simeón ne sont pas à la base de son comportement; c'est plutôt le comportement délinquant du fils qui est à la base des tentatives faites pour lui inculquer un peu de discipline et de morale, déclare le père.

Contre toute attente, Simeón décide, le jour de ses vingt-cinq ans, de s'engager dans les forces armées. Loin d'en éprouver de la fierté ou du contentement, son père s'inquiète de ce qui peut motiver un tel choix. Il aura raison : dans les Forces, Simeón passe le plus clair de son temps à apprendre les rudiments de la violence, à peaufiner sa connaissance de l'anatomie humaine – il décline la liste de tous les muscles du corps comme d'autres énumèrent l'alignement le plus récent de l'équipe nationale de soccer. Certes, il fignole ses aptitudes au tir, mais ce sont les armes blanches qui l'interpellent, ainsi que les techniques de combat rapproché.

Un matin d'automne, quand on frappe à la porte de la vaste demeure des Kovač, le majordome trouve Simeón sur le porche.

– L'armée t'a jeté à la rue ? s'exclame Jaromar quand il aperçoit son fils.

– Je trace mon propre chemin, répond le fils prodigue.

Simeón trafique souvent la réalité, mais cette fois, il dit vrai : il a déserté l'armée, après cinq ans de « service ». Ce qu'il omet de mentionner, c'est qu'il est parti avant qu'on découvre son plus récent méfait.

Les mauvaises nouvelles ne suivent jamais Simeón de très loin. Deux jours après son retour à Kladno, un messager vêtu de l'uniforme militaire rend visite à Jaromar Kovač. Le malaise exsude de tous ses pores. « Je dois vous parler de votre fils. »

Quiconque ayant commis les actes reprochés à Simeón serait non seulement voué à la peine capitale, mais on rayerait son nom à jamais de tous les registres, dans l'espoir d'oublier jusqu'à son existence en ce monde. Déployé en Macédoine, Simeón a testé ses nouvelles connaissances de l'anatomie humaine sur deux femmes d'un petit village campagnard. L'une avait 18 ans ; l'autre, 81. Le palindrome n'échappe pas aux observateurs : le yin et le yang, le début et la fin. Cette dualité témoigne de l'importance des symboles dans ce qui dirige les actes de Simeón Kovač, si démunis de logique puissent-ils paraître. Le militaire a décapité chacune de ses victimes et a permuté les têtes, qu'il a recousues avec les moyens du bord. S'accouplant avec chacune des victimes, il a, dit-il, « copulé avec l'être parfait, qui allie la vigueur de la jeunesse et la sagesse de l'âge ». Double assassinat, profanation de corps, nécrophilie... Simeón foisonne d'inventivité et réécrit tous les chapitres de la perversion.

Or il jouit d'un patronyme qui accorde quelques libertés refusées au Tchèque lambda. N'empêche : son père tient à ce que Simeón assume les conséquences de ses actes.

– Je veux te l'entendre dire.

– Je les ai tuées et j'ai baisé leurs cadavres, dit Simeón.

Il aurait hésité davantage si on lui avait demandé de choisir entre le potage et la salade comme entrée au dîner.

– Je sais que tu l'as fait. Ce n'est pas ce que je veux entendre. Dis-le. Tu sais ce que je veux.

– Je répudie le nom qui m'a été donné. Je ne suis plus l'un des vôtres.

– C'est moi qui ai le pouvoir de te répudier, et je le fais, le cingle son père. Tu n'es pas digne de ta lignée. Mais je veux que tu t'excuses à ta mère avant de partir.

Simeón regarde sa mère. C'est une pauvre femme, mariée contre son gré. Simeón est responsable de plusieurs des rides qui lui strient le front. Il n'en ressent rien du tout.

– Merci d'avoir porté cette incarnation de moi-même, lâche Simeón en dévisageant sa mère.

Jaromar vilipende ce fils ingrat et l'éloigne d'un geste ample, comme s'il voulait faire fuir des corbeaux venus se repaître au champ.

Le jour de son départ, Simeón demande à passer un dernier moment de solitude dans la grande salle familiale. De l'autre côté de la porte, son père ne se berce pas d'illusions : Simeón va commettre un ultime affront avant de quitter pour de bon cette famille qu'il ne mérite pas. Jaromar a réclamé les services d'une vingtaine de militaires, postés à divers endroits de la propriété, et qui ont le mandat d'escorter Simeón jusqu'à l'aéroport, où ils attendront la confirmation qu'il occupe un siège à bord de l'avion qui débarrassera la République tchèque de ce monstre. Les relations diplomatiques de Jaromar Kovač ont lénifié la suite des choses : la prison aurait constitué une récompense pour Simeón, croit le père. Son fils y aurait allumé tous les feux de l'enfer. Jaromar a plutôt manœuvré pour qu'on efface le dossier criminel de son fils de tous les registres du pays. Voilà qui facilitera son extradition vers un pays où il pourra faire ce que bon lui semble.

[Les autorités tchèques ne l'admettront jamais publiquement, mais qu'il soit porté au présent dossier que cette décision de laisser Simeón Kovač aller polluer de ses relents de soufre un autre pays du monde reflète à quel point les germes de l'insouciance malveillante du fils étaient bel et bien inscrits dans l'esprit du père. L'initiative de Jaromar Kovač d'envoyer un pareil criminel dans un autre pays restera gravée dans les annales comme une entorse sur la longue échine de la nation que représente la lignée des Kovač, depuis plus de six cents ans.]

À quoi s'est employé Simeón, au cours des dernières minutes qu'il a passées en Tchéquie, dans le salon familial ? Il ne l'a jamais confié à personne, mais on peut supputer qu'il s'est assuré d'imprimer dans sa mémoire quelques ultimes images pour la postérité. Une fois débarqué au Québec, il était attendu par le consulat tchèque, qui l'a récupéré comme un cadeau empoisonné. Dans ses affaires figurait un croquis fait main des armoiries familiales des Kovač. La lignée était si puissante qu'elle a estampillé sa marque sur la nation au moyen d'un blason composé des trois animaux auxquels s'identifient les Kovač depuis des siècles : le lion, l'aigle et le corbeau, chacun figurant respectivement le pouvoir, la vue à long terme et une vie imprégnée par la couleur du charbon. Questionné sur ses intentions, Simeón a simplement allégué qu'il allait s'exercer à la chasse et s'établir, peinard, en forêt, loin des humains, qu'il abhorre, a-t-il affirmé.

Investi de la mission de garder Simeón Kovač à l'œil, le consulat tchèque à Montréal **je** *collabore avec les autorités québécoises et cana***te***diennes afin de surveiller les allées et venues de ce ressortissant dangereux. Son incarcération à Baquard représente, en un sens, une excellente* **vois** *nouvelle. Le consulat veillera à s'opposer à toute remise en liberté de Simeón* **Iris***Kovač.*

• • •

Je me suis levée en sursaut. Ma vue s'était brouillée alors que je parcourais les derniers paragraphes, et j'ai espéré avoir halluciné ce dont j'avais été témoin en fin de lecture.

Je te vois, Iris.

Dans l'énervement, j'avais renversé le cendrier, et les mégots des six dernières cigarettes que j'avais grillées s'étaient éparpillés dans une traînée de cendre sur le rapport de Tomaš Nemeč. Un feuillet avait voleté jusque sur le plancher.

J'ai tenté de me rasséréner. La fatigue et le stress avaient troublé ma vue. Un éclairage insuffisant, en fin de soirée, n'aidait pas non plus… cette idée, aussi, de lire si tard ! J'avais mal aux yeux, une douleur lancinante rampait autour de mes orbites jusqu'au milieu de mon front.

Iris…

Je n'ai pu réprimer un petit cri.

Irissssssss...

Le son – un sifflement, comme les imprécations menaçantes d'un serpent – semblait émaner du salon. De l'autre côté du mur.

Irisssss...

J'étais dans la cuisine, paralysée, et l'espace d'un souffle ou deux, j'ai senti s'abattre sur moi une tristesse incontrôlable, du fait d'être si seule, répudiée comme Barbe bleue par ma propre famille.

Irisssss...

Un murmure, un simple chuchotement. Mes pieds ont daigné se poser l'un devant l'autre. Je me tenais à portée du mur qui séparait la cuisine et le salon. Convaincue que de l'autre côté m'attendait dans l'ombre... quoi au juste ?

Irissss...

Je te vois.

Je me déplaçais dans un décor irréel, comme si mes pieds flottaient au-dessus du sol. Le souvenir de ce que j'avais lu, de ce qui m'avait perturbée quelques minutes auparavant, s'estompait, comme si les mots avaient été inscrits dans mon esprit bien avant que j'ouvre cette enveloppe que m'avait remise Tomaš Nemeč.

Viens.

Reviens.

J'ai pris mon courage à deux mains et me suis jetée d'un seul mouvement brusque au beau milieu du salon.

Mais il n'était habité que par le silence et l'obscurité. Je me suis jetée sur la lampe à ma droite et j'ai prestement sollicité la lumière.

Il n'y avait rien.

Que mes doutes. Et la peur, une peur froide et sourde qui me tenaillait les tripes.

J'ai invité une longue bouffée d'air dans mes poumons, fermé les yeux et essayé de reprendre le contrôle de mon corps. *Ton corps, Iris, c'est tout ce que tu peux contrôler,* me suis-je dit. *Reprends les rênes. Voilà…*

J'ai rouvert les yeux. J'ai senti la nécessité d'une nouvelle cigarette.

Mais l'envie s'est dissipée tels des oiseaux à la suite d'un coup de feu, lorsqu'une masse sombre a longé la grande fenêtre, derrière les rideaux du salon. Un mouvement furtif, en direction…

Du hall d'entrée.

Sans réfléchir, je me suis précipitée sur la porte pour la verrouiller, pour lancer tout mon poids contre elle et bloquer ce qui allait tenter de s'immiscer dans mon intimité.

J'y suis déjà.

Les mots étaient-ils venus de ma propre conscience ou *une autre entité* les avait-elle prononcés dans mon esprit ?

L'affolement m'étranglait, m'obstruait la gorge. Je voulais hurler, alerter les voisins, mais rien ne s'échappait de ma bouche.

Qu'un couinement, à peine audible. En provenance de l'extérieur. Je sentais une présence, tout juste de l'autre côté de la porte.

Nouvelle plainte.

J'ai déverrouillé – je sais, c'était bête. Mais je sentais qu'il s'agissait de la chose à faire. Mon instinct me guidait.

J'ai entrebâillé la porte. Il était là.

Un chat.

Mais les chats morts ne peuvent pas miauler.

10

La journée allait être longue.

J'avais passé la nuit recroquevillée sous la table de la cuisine, grelotant comme si la peur me secouait de ses longues mains. Aux premières lueurs de l'aube, les jeux d'ombres ont semblé s'apaiser et la menace venue de l'extérieur est retournée là d'où elle venait. Mais ses effets étaient durables. J'étais terrifiée.

Isandra m'a ouvert sa porte comme si nous nous étions vues la veille, comme si quatre longues années ne séparaient pas notre dernière rencontre, comme si je ne l'avais pas écartée de mon chemin ainsi que tous ceux qui nuisaient aux longues enjambées que je comptais déployer jusqu'au sommet de ma discipline.

— Iris ? Qu'est-ce qui t'est arrivé ?

Je lui ai déballé l'essentiel : la rencontre avec Barbe bleue, les corps à Stoneham, l'inconnu du consulat à la fontaine de Tourny.

Le café était bon, réconfortant. J'étais à court de cigarettes, ce qu'Isandra a deviné à mon regard éperdu. Des sœurs, me suis-je rappelé : elle savait lire mes moindres signes. Est ensuite venue la question lourde :

— Qu'est-ce que tu vas faire ?

J'ai haussé les épaules. J'ai songé à ce qui pouvait me faire le plus de bien à ce moment précis.

– Ton ordinateur est à portée de main ? lui ai-je demandé.

• • •

Avant de quitter mon appartement pour aller squatter celui d'Isandra à Limoilou, j'avais mis dans ma besace le dossier du consulat. Façon contemporaine de porter ma croix. J'avais raconté à Isandra ce qui m'avait tétanisée de peur la nuit précédente, mais j'avais gardé le silence quant au phénomène qui s'était produit pendant ma lecture. Déjà que je réapparaissais dans sa vie, si en plus il fallait qu'elle doute de ma santé mentale… Moi-même, je n'étais plus certaine d'avoir vu les mots apparaître sur le papier.

Je te vois, Iris.

Barbe bleue m'interpellait. Depuis sa cellule à Baquard, il m'interpellait *dans un texte écrit par quelqu'un d'autre* !

– Qu'est-ce que tu cherches ? s'est enquise Isandra en désignant l'écran de l'ordinateur portable.

– *Codex Gigas,* ça te sonne une cloche ?

Elle a secoué la tête. Elle n'avait jamais entendu ces termes, elle non plus. Réflexe tout à fait de notre époque : on a demandé à Google ce qu'il en pensait. Ses révélations valaient le détour.

Le *Codex Gigas* est un manuscrit du XIIIe siècle rédigé par un moine bénédictin de la Bohême – la région même où Simeón Kovač avait vécu. Hermann le Reclus, le scribe allégué, aurait vendu son âme au diable pour sauver sa vie. Lorsqu'on a découvert son innommable crime, ses frères du couvent de Podlažice l'ont emmuré vivant. Le manuscrit doit son nom à son format inhabituel : près d'un mètre de hauteur sur cinquante centimètres de largeur et plus de vingt centimètres d'épaisseur. Chacun des quelque trois cents feuillets du *Codex Gigas* est composé de vélin – de la peau d'âne, sur laquelle sont inscrits les versets de l'Ancien et du Nouveau Testaments, les textes de Flavius Josèphe, les *Étymologies* d'Isidore de Séville, l'*Ars Medicinæ* ainsi qu'une chronique de Cosmas de Prague. L'œuvre constitue un carrefour où se côtoient textes latins, hébreux et grecs, ainsi que des passages en cyrillique et en glagolitique. Néanmoins, ce qui a fait la réputation du *Codex Gigas*, c'est sa deux cent quatre-vingt-dixième page. Celle qui lui confère son surnom.

La Bible du Diable.

Mon hoquet, lorsque j'ai aperçu l'illustration de la page 290, a fait sursauter Isandra.

– C'est ça, ai-je dit. C'est ce qu'il y a chez lui !

Un diablotin au visage vert, dont la représentation était quasi enfantine, venait d'apparaître à l'écran. Illustration qui avait fait la renommée du *Codex Gigas*, ce diable s'affichait à mi-chemin entre le risible et l'inquiétant.

– Les griffes…, ai-je bredouillé.

– Qu'est-ce qu'il y a ?

– Kovač les a chez lui.

Manière maladroite et très elliptique de dire à Isandra que c'était le détail des griffes de ce diable médiéval qui était peint sur chacun des volets des fenêtres, au chalet de Stoneham.

– Tu peux l'agrandir ? ai-je demandé.

Mon amie a grossi le diable du manuscrit. J'observais attentivement l'illustration, tentant de comprendre cette créature, en quelque sorte, de voir ce qui avait fasciné Barbe bleue à ce point lorsqu'il était adolescent. Le *Codex Gigas* faisait partie du patrimoine tchèque. À la fin de la guerre de Trente Ans, au XVIIe siècle, les Suédois avaient pillé la Tchéquie de plusieurs œuvres d'art et objets précieux, parmi lesquels la Bible du Diable.

— Iris... Tu fais attention à toi, n'est-ce pas ?

J'ai déporté mon regard vers celui d'Isandra. Ses yeux avaient quitté l'écran et s'intéressaient à moi. Elle a insisté.

— Tout ça... Kovač, sa fascination pour le diable, le *Codex Gigas*, les cadavres... C'est beaucoup trop pour une seule personne, Iris. C'est trop pour toi.

— Qu'est-ce que tu essaies de me dire ?

— Qu'il faut que tu fasses attention. C'est en train de te rendre...

Elle a essayé de ne pas insinuer ce qui lui brûlait les lèvres, mais c'était trop tard.

— Tu me crois folle, c'est ça ?

— Je n'ai jamais dit ça, Iris...

Je me suis adossée, délaissant l'écran et sentant se distiller dans mes veines, dans mes organes, une colère à laquelle je ne voulais pas donner libre cours. Pas maintenant, pas après tant d'années passées loin de ma meilleure amie.

— Il faut aller voir la police, Iris. Ces trois victimes dans le bunker... Il faut honorer leur mémoire et permettre aux familles...

— Attends ! l'ai-je interrompue.

Un détail à l'écran avait capté mon attention. J'ai agrandi autant que possible le gros plan des pattes griffues du diable du *Codex Gigas*.

— Regarde, ai-je dit à Isandra.

Sur l'avant-bras droit apparaissait ce qu'on pouvait considérer comme des poils, à distance. Mais de plus près, la coïncidence était immanquable.

J'ai regardé Isandra. Elle ne pensait plus à mon état de santé. Elle aussi fixait ces deux lettres gravées il y a environ huit cents ans sur l'icône du Malin.

SK.

11

Isandra a proposé de me garder chez elle pendant quelque temps, ce à quoi je ne me suis pas opposée. En plus de m'éloigner de mon appartement, séjourner chez elle allait me permettre de renouer avec ma meilleure amie et de rattraper le temps perdu.

Enfin, je l'espérais.

– Izy… Je sais que tu veux mon bien. Je te remercie. Je veux dire… J'ai été vraiment nulle avec toi, et je m'en excuse.

– Oublie ça. Des sœurs peuvent bien se crêper le chignon, non ?

– Je me demandais… Le document que m'a remis le consul… Tu en penses quoi ?

Isandra a pris une longue inspiration et a fait une moue qui reflétait ses efforts pour comprendre.

– Peut-être que le consulat s'est retrouvé avec une patate chaude entre les mains quand Kovač a été extradé.

– Mais pourquoi tout me déballer sur lui ? Les informations qu'il y a dans ce dossier… Certaines personnes paieraient une *fortune* pour les obtenir – à commencer par la police et le ministère de l'Immigration !

– On dirait que tu as été choisie, Iris. Élue pour dévoiler la vérité. L'homme qui t'a remis le dossier, ce Tomaš… il semblait vraiment tenir à ce que tu l'obtiennes. On dirait qu'il en a fait une affaire personnelle.

– Oui, ai-je acquiescé. À l'école, il était victime d'intimidation de la part de Kovač. C'est écrit dans ses notes.

J'ai soupesé mes pensées, puis j'ai estimé qu'il valait mieux prendre un peu de distance. Il y avait au moins deux heures que j'avais fait naufrage chez Isandra et nous n'avions toujours rien ingurgité d'autre que deux ou trois cafés bien noirs.

J'ai pris une douche tiède et me suis installée à table tandis qu'Isandra écrabouillait les œufs dans la poêle comme j'aurais souhaité le faire avec mes cauchemars.

Quand elle m'a apporté mon assiette, elle a souligné mon air préoccupé.

– Qu'est-ce qu'il y a ?

Je ne pouvais rien dire. Je fixais la fin du rapport de Tomaš Nemeč.

Investi de la mission de garder Simeón Kovač à l'œil, le consulat tchèque à Montréal collabore avec les autorités québécoises et canadiennes afin de surveiller les allées et venues de ce ressortissant dangereux. Son incarcération à Baquard représente, en un sens, une excellente nouvelle. Le consulat veillera à s'opposer à toute remise en liberté de Simeón Kovač.

Même si j'avais voulu apprendre à Isandra que Barbe bleue s'était adressé à moi à travers ce texte, une poignée d'heures auparavant, c'eût été impossible. Il ne restait plus rien des mots qu'il m'avait livrés.

Je te vois, Iris.

• • •

J'ai quitté Isandra en catimini, pendant qu'elle se douchait à son tour. Elle aurait récriminé contre mes intentions.

Au terme d'un trajet que j'ai parcouru de corps mais non d'esprit, j'ai garé ma voiture au même endroit que la première fois. En levant les yeux vers la tourelle de Baquard, j'ai bien cru apercevoir deux yeux qui m'observaient. Et se régalaient de mon retour.

Le gardien nommé Marcel m'a reconnue et m'a saluée d'un hochement de tête. Cette fois, le directeur Courval s'est montré moins avenant que la première fois.

– Après votre dernière visite, monsieur Kovač était passablement agité, a-t-il précisé. Il s'est engagé dans un corps-à-corps avec un codétenu, et il a fallu utiliser des méthodes de contention sur chacun d'eux. Vous n'êtes plus la bienvenue ici, madame Tellier.

– J'ai découvert des renseignements à propos de Bar... de monsieur Kovač qui pourraient l'incriminer, ai-je argué. J'ai besoin de voir ce qu'il a à me dire là-dessus.

– Dans ce cas, monsieur Kovač contactera son avocat pour préparer sa défense en vue d'un nouveau procès. Ce n'est pas à vous d'effectuer ce travail.

– Vous savez aussi bien que moi ce que Simeón Kovač inflige aux avocats qui ne lui plaisent pas...

Ma répartie a giflé Courval. Aussi a-t-il tourné les talons, diffusant dans le hall d'entrée les effluves caractéristiques de son parfum – un pot-pourri de fleurs fanées après qu'on les a abandonnées au salon mortuaire. J'ai attrapé l'as que j'avais dissimulé dans ma manche et j'ai décidé qu'il valait la peine de le jouer maintenant.

– Monsieur Courval, ai-je lancé à voix forte, ce que je sais pourrait sauver des vies. Et monsieur Kovač a clairement exprimé le souhait de me revoir, après ma première visite.

Tu parles, a raillé une voix en moi. *Il t'a envoyé un chat mort et tu as halluciné qu'il s'adressait à toi dans le rapport de Tomaš Nemeč.*

– Il a *exprimé* le souhait de vous voir ? s'est esclaffé Courval en se retournant. Eh bien dites donc... S'il a demandé à vous voir, il ne nous a rien dit à nous.

– Monsieur Courval... L'institut Baquard aimerait sans doute que son nom paraisse dans mon livre parmi mes remerciements adressés aux ressources qui auront contribué à sécuriser la population. Simeón Kovač semble me faire confiance. Je peux peut-être lui soutirer une dernière information. La dernière, ai-je insisté. Ensuite, je vous le laisse. Mais permettez-moi, s'il vous plaît, de lui présenter ce que je sais et de voir si sa réaction peut m'aider à comprendre les énigmes qu'il a laissées dans son sillage...

– Des énigmes ?

Courval semblait lassé de ma présence.

– Oui, des énigmes. *Et un bain de sang pas possible,* ai-je eu envie d'ajouter. Et je suis sur une bonne piste pour aider la police à les déchiffrer.

C'était un mensonge, mais Courval n'avait pas besoin de savoir que je ne comprenais rien aux symboles runiques ou intergalactiques que Barbe bleue avait peints sur le mur du bunker.

– Dernière visite, promis, ai-je renchéri. Et aucune provocation cette fois. Je vous le laisse tout beau, tout docile.

Comme un petit chat.

• • •

Cette fois, je suis arrivée avant lui. Marcel m'a installée dans la salle de visites. À travers la large fenêtre qui contemplait l'horizon, le ciel était gris ardoise. *Un ciel bas et lourd comme un couvercle,* me suis-je dit, me rappelant le vers le plus célèbre de Baudelaire. Explorer les méandres de l'esprit de Kovač achevait de me contaminer.

Il est arrivé, clopin-clopant, boudiné d'assez de chaînes pour avoir vidé les réserves de la dernière mine de Fermont.

— Tu fais rien de stupide, Simeón, OK? lui a indiqué Marcel, qui ne recelait plus grand-chose de l'homme timide à qui j'avais eu affaire la première fois.

Avant de s'asseoir, Barbe bleue m'a dévisagée, sans jamais me quitter des yeux. Je l'ai senti fouiller mon regard avec une curiosité malsaine probablement comparable à celle qui l'animait lorsqu'il avait plongé ses mains dans les chairs de l'avocat qu'il avait éviscéré. Le gardien l'a enchaîné aux poignées de métal chevillées à la table puis à celles qu'on avait fixées au plancher, et Barbe bleue a profité de cette diversion pour m'adresser un clin d'œil qui m'a fait frémir. J'ai remarqué qu'à sa main gauche manquaient deux doigts, un détail qui m'avait échappé, la première fois.

— Vous avez dix minutes, madame Tellier, a lancé Marcel avant de sortir. Et je vous observe, tous les deux. Rien de stupide, a-t-il répété.

Le silence a enveloppé la première minute, comme si aucun de nous deux n'allait parler. Puis j'ai brisé la glace.

— Ma première visite vous a marqué, Simeón?

Il a gardé le silence. Un éclat particulier dans son œil m'a titillée, et j'ai subrepticement secoué la tête pour dissiper l'idée saugrenue qui s'était faufilée dans mon crâne.

– Vous avez été agité, à ce que me disait le directeur.

– Le directeur aime bien les hommes agités, surtout quand c'est lui qui les agite, a rétorqué Barbe bleue. Vous avez remarqué cette odeur de clématites flétries qui embaume la pièce quand il est là ? C'est pour masquer les exhalaisons de sperme qu'il dégage quand il parle.

– Vous essayez de me choquer, Simeón ?

– Vous êtes déjà en état de choc, ma jolie Iris. Comment se passent vos nuits ?

J'ai essayé du mieux que je le pouvais de ne pas réagir, mais Kovač semblait lire mes moindres expressions. J'ai senti mes joues se réchauffer. Un sourire a ouvert sa barbe en deux lorsqu'il a aperçu le rouge qui me colorait le visage.

– Pourquoi êtes-vous revenue, Iris ?

Je l'ai regardé à mon tour. Dans la clarté étrange du jour, ses yeux prenaient une teinte aussi bleue que les éclats qui parsemaient sa barbe. J'aurais juré que ses yeux étaient noirs, la première fois que je l'avais vu. Sans que je m'y attende, un courant électrique a parcouru mes reins et j'ai eu honte de ce qui a suivi.

Ma vulve a pulsé, comme si elle se gorgeait de sang.

– Dis-le, Iris, m'a-t-il sommée, et je n'ai pas manqué de noter le tutoiement.

Je te vois. Tout le temps. Je peux bien te tutoyer, non ?

– Parce que vous m'avez demandé de revenir, ai-je admis.

Son sourire s'est élargi, assez pour que je voie poindre sa langue. J'ignore si j'ai halluciné, mais j'ai cru la voir bouger frénétiquement, ainsi que l'aurait fait celle d'un reptile. Sur-le-champ, j'ai eu l'impression sur mon sexe de sa caresse mouillée, et je n'ai pu m'empêcher de remuer sur ma chaise pour tenter de raffermir ma concentration.

– Qu'est-ce qui se passe, Iris ? C'est Marcel qui te rend toute chose ?

– Je veux comprendre les symboles, ai-je lâché.

L'expression de Barbe bleue s'est durcie. Je croisais et décroisais les jambes, exerçant sur mon sexe une pression qui n'était pas désagréable. En même temps, j'observais cet être ignoble et me demandais comment il réussissait à m'exciter à ce point. Sa barbe semblait plus bleue que la semaine précédente, et la chair labourée sur son front rougeoyait comme si la blessure était récente. La fatigue et les bouleversements des derniers jours s'affairaient à dérégler mon corps.

Tu sais bien que c'est autre chose, ai-je entendu, et je ne pouvais affirmer avec certitude que ce n'était pas Barbe bleue qui avait prononcé ces paroles sibyllines.

– Qu'est-ce que vous êtes, au juste ? ai-je échappé. Je veux savoir, Simeón. J'ai lu toutes sortes d'informations à votre sujet, et je ne sais plus qui croire.

– Il faut croire ce que l'on sent, Iris. C'est ce que j'ai toujours fait, moi. Que sentez-vous ?

Je me retiens de gémir, crisse de salaud. Je ne sais pas comment tu fais, mais tu vas me faire céder.

– Je sens que vous allez vous retrouver à nouveau dans un beau pétrin, ai-je lâché. J'ai trouvé le bunker. J'y suis descendue.

Le sourire de Barbe bleue est retourné se cacher dans sa barbe. Les sourcils relevés, il a ouvert les yeux si grands que j'ai cru qu'ils allaient tomber de leurs orbites. J'ai jeté un œil à ma montre : encore quatre minutes avant que Marcel ne rappelle Kovač et ne me mette à la porte.

– Ça vous intéresse de savoir ce que j'ai vu ?

– Tu mens, a produit le son qui lui emplissait la bouche.

– Vraiment ?

J'ai sorti mon calepin de moleskine et lui ai montré les signes que j'avais reproduits à partir de la photo que j'avais prise sur le mur du bunker.

– Qu'est-ce que ça signifie, tout ça ? Expliquez-moi, Simeón.

Il a mis un certain temps à baisser les yeux, davantage intéressé à me dévisager, comme pour sonder l'authenticité de ce que je lui révélais. La sensation doucereuse que j'avais éprouvée dans mon entrejambe ainsi que cette intempestive lubricité qui m'inondait l'esprit s'étaient évanouies, et si j'étais honnête, je devais admettre que cela me décevait.

Il a consulté les cinq mots hébreux griffonnés sur le papier puis a relevé les yeux.

– Où est la clé ? m'a-t-il demandé dans un grondement qui a paru surgir du fond de ses entrailles.

– Vous connaissez la réponse, Simeón. La clé est dans la tête. C'est là que je l'ai retrouvée, d'ailleurs. J'ai dû me soumettre à votre petit jeu pour sortir de cette crypte à glacer le sang.

Il me fixait, apparemment sans émotion.

– Les symboles, ai-je fait pour attirer à nouveau son attention sur mon calepin. Ils ont rapport avec les trois victimes suspendues dans le bunker ?

– Tu as vu les trois femmes ?

Plus que deux minutes au compteur. J'ai pivoté sur mon siège. De l'autre côté de la porte, Marcel ne nous lâchait pas du regard.

– Il reste peu de temps, Sim…

Quand j'ai à nouveau porté mon attention sur lui, il s'était avancé, plus près qu'il me semblait possible de le voir devant moi.

– Si tu ne remets pas la clé, a-t-il murmuré dans un grincement presque métallique, méfie-toi de ma colère, Iris.

– Les symboles, Simeón. Vite. C'est la dernière fois que je vous vois. Le direct…

Ce ne sera pas la dernière, a feulé la voix en moi – la sienne? la mienne? Je n'aurais su le déterminer avec certitude.

Barbe bleue a posé les yeux sur les cinq symboles. Puis sa voix s'est teintée d'une solennité qu'on aurait dite caricaturale, s'il n'avait pas été question d'expliquer des inscriptions rupestres accompagnant les cadavres de trois innocentes.

– Pour chaque après, il y a un avant, a-t-il déclaré.

– Arrêtez de parler en paraboles, Simeón, et dites ce que vous avez à dire!

– Je le dis, Iris. C'est à toi de le comprendre. Parle-moi des trois victimes. Tu te les représentes encore, dans ta mémoire?

Je me suis forcée à retrouver ma concentration. Naïve, j'avais espéré l'impressionner ou, à tout le moins, gagner son estime en lui montrant que j'avais survécu à son jeu lugubre, que j'avais plongé dans l'horreur de son bunker de Stoneham et en avais émergé pourvue de signes dont lui seul connaissait la signification.

– Léonie, Aglaé, Coralie…, ai-je dit. Vous les avez mutilées avec une sauvagerie qui vous est propre, j'imagine. Elles sont suspendues à des crochets de boucher.

– Mortes?

– Qu'est-ce que vous pensez! Évidemment, mortes!

En es-tu sûre, Iris? La première t'a parlé. Elle s'est métamorphosée devant tes yeux. Elle s'est déplacée *dans la crypte.*

– Pourquoi n'as-tu pas encore appelé la police?

– Parce que… parce que…

Kovač a soudain jeté un œil à travers la vitre, a semblé voir ce qu'il attendait puis s'est mis à me pénétrer de ce regard qui imposait son ascendant sur moi au début de notre entretien. À nouveau, j'ai senti une chaleur se glisser dans mes veines, un contact quasi réel sur l'intérieur de mes cuisses et quelque chose – la chaleur d'une main – se presser contre mon sexe. Pourtant, Barbe bleue avait les deux mains enchaînées à la table. J'ai fermé les yeux. Un mouvement lascif de mon corps tout entier m'a forcée à m'abandonner. D'instinct, j'ai porté la main à ma chevelure, j'ai dénoué le chignon que j'avais enroulé sur le dessus de ma tête. À cet instant, si Barbe bleue s'était libéré de ses entraves, si le garde nous avait laissé quelques minutes sans surveillance, j'aurais monté cet homme et j'aurais laissé libre cours à ces pulsions qui m'envahissaient.

J'ai ouvert les yeux. Je méprisais cet homme et l'emprise qu'il exerçait sur moi. Cela dépassait à présent la simple fascination qui avait été à l'origine de mon projet d'écriture. Mais autant je le méprisais, autant je le sentais s'être façonné un nid en moi. Ce regard pénétrant… ces paroles qui m'atteignaient au plein centre de moi-même…

– Tu meurs d'envie de savoir, Iris, a prononcé Barbe bleue. Bientôt, tu sauras tout.

La porte a produit un cliquètement indiquant que la rencontre était terminée. Je suis revenue comme d'un séjour dans une lande embrouillée. Le temps de comprendre qu'il me fallait me lever et quitter Baquard, j'ai été inondée d'une déception terrible : celle d'être venue menacer Barbe bleue parce que j'avais découvert les trois corps qu'il détenait dans son bunker, au milieu de la forêt, et de devoir repartir les mains vides. Ces inscriptions hébraïques, j'allais devoir en trouver la signification par mes propres moyens.

Je suis sortie de la salle de visites, tandis que deux gardiens entraient dans la pièce pour se charger de libérer Kovač et de le ramener dans son espace.

— Ça va? s'est informé Marcel en me raccompagnant dans l'escalier.

Il paraissait étonné de voir mes cheveux cascader sur mes épaules. J'étais si mal à l'aise de ce qui était arrivé que je n'ai pas su quoi lui raconter. Le tournis produit par le circuit de l'escalier m'étourdissait. Si quelques minutes plus tôt Barbe bleue m'avait titillée je ne sais comment, par des techniques d'hypnose qu'il était le seul à maîtriser, je ressentais à présent tout le poids de cette rencontre avec un être malsain. Une douleur au milieu du front me grugeait le crâne.

— Ça va aller, ai-je répondu.

— Vous n'êtes pas tannée de perdre votre temps?

La question de Marcel m'a surprise.

— Il se moque de vous, vous savez.

J'ai hoché la tête.

Au même moment, je percevais un murmure, comme susurré par les murs de pierre du vieux bâtiment. Je savais que j'étais la seule à l'entendre.

À bientôt, Iris.

• • •

L'appartement d'Isandra était vide, quand je suis revenue chez elle. J'éprouvais des séquelles de l'entrevue avec Barbe bleue, la plus étrange d'entre toutes se retrouvant entre mes cuisses. J'ai filé à la salle de bain pour me doucher : la meilleure façon de me délester de l'impression de revenir souillée par une rencontre avec Barbe bleue.

Enfin presque, puisque certaines souillures étaient indélébiles. Comme ces traces de morsures, rouges et piquées de pétéchies, sur l'intérieur de chacune de mes cuisses.

Barbe bleue m'avait touchée. J'ignorais comment – c'était irrationnel, d'ailleurs –, mais il m'avait *touchée*. Il avait goûté ma peau…

Allons… c'était insensé !

J'ai achevé de prendre soin de ma personne. J'ai allumé une chandelle odoriférante puis éteint les lumières en attendant le retour d'Isandra. J'ai glissé dans le lecteur CD un album de P.J. Harvey et j'ai sorti l'artillerie. Un pétard surnommé *Pearl Harbor,* récupéré à la SQDC[1] sur le chemin du retour. J'en ai inspiré de longues taffes, m'imaginant qu'elles incendiaient dans mon corps les résidus de ce que Barbe bleue avait pu y instiller.

Puis mon téléphone a tout gâché. Façon de parler : c'est la voix de Sébastien, à l'autre bout du fil, qui a spolié le moment.

– Iris, c'est bien toi ? Il faut que tu viennes voir. Grouille.

– Où ?

– À Stoneham.

1. Société québécoise du cannabis, qui administre la production et la vente du cannabis et de ses produits dérivés depuis 2017.

12

Le nom me disait vaguement quelque chose. Miki DiMaio.

Sa tête, un peu moins. Miki était suspendu à une dizaine de mètres du sol, la corde passée autour de son cou, la nuque fracturée. Même tout en bas, je pouvais voir ses yeux exorbités, sa langue tout enflée et la peau de son visage qui avait adopté la teinte indigo d'un ciel d'orage. Apparemment dans la vingtaine, Miki s'était pendu à une haute branche d'une épinette, sur la propriété de Barbe bleue. Le cadavre était nu, et pour faire fi de son sexe bandé comme une patte de chaise, il aurait fallu être complètement aveugle ou aussi peu physionomiste qu'une limace.

– Mon Dieu !, me suis-je exclamée en arrivant près de Sébastien.

Il s'était departi des artifices du charmeur dont il était paré la dernière fois que je l'avais vu. Il était venu seul sur la propriété de Kovač. À certaines branches des arbres s'accrochaient encore des chapelets de gouttes de cette pluie qui avait flagellé la région la veille. Le corps du pendu y avait été exposé, comme le trahissait son état lamentable.

Une question stupide m'est venue en tête, le genre de remarque qu'on peut lancer lorsqu'on est troublé au point de perdre ses repères.

– Il est monté là tout seul ?

– Je ne vois pas qui pourrait l'avoir hissé jusque-là…, a riposté Sébastien.

Le pauvre garçon avait laissé ses vêtements au pied de l'arbre, comme une mue détrempée par l'orage, et avait grimpé sur une dizaine de mètres. Sébastien et moi avons gardé le silence, le temps de contempler l'horreur et de nous figurer à quel point il fallait être résolu à en finir pour mettre à exécution un plan aussi glauque.

Un souvenir s'est imposé à moi : j'ai repensé à ma visite en ce lieu, la veille. Avant de trouver la trappe s'ouvrant sur le bunker, j'avais entendu un cri au milieu du bois. Deux fois. Était-ce Miki DiMaio qui s'était jeté dans le vide ? Sébastien ne m'a pas laissé le temps de lui révéler cette information.

– Ce n'est pas tout, Iris…

J'ai suivi Sébastien encore plus profondément dans la forêt, inconfortable comme peut l'être celle qui revient sur les lieux de son agression. Car il ne fallait pas avoir peur des mots : c'était une agression. Je m'étais enfoncée dans la crypte aménagée par un psychopathe, j'avais été confrontée aux corps qu'il conservait comme des trophées – au même titre que les crânes empaillés de ces animaux qui ornaient les murs de son chalet. Des crânes de *chats*, qui plus est !

Nous sommes passés à proximité de la trappe pratiquée dans le sol de mousse.

– Tu es descendu ? ai-je demandé à Sébastien en la désignant.

Il s'est retourné, a jeté un œil désintéressé à la trappe et a secoué la tête.

— Je n'ai pas trouvé la clé.

La clé! Je m'en suis voulu : dans l'angoisse, j'avais rapporté la clé chez moi en partant d'ici.

— *Shit,* ai-je échappé, c'est moi qui l'ai. Chez moi.

Sébastien a hoché la tête, pensif. La clé et la trappe étaient le dernier de ses soucis pour le moment. Il s'est remis à marcher à travers les arbres, dérivant suffisamment de la propriété de Barbe bleue pour qu'on finisse par la perdre de vue. Jusqu'où pouvait bien s'étendre cette forêt?

J'ai compté au moins dix minutes de marche avant de constater que les arbres s'élevaient plus haut que ceux qui encerclaient le chalet de Kovač. Sébastien a fini par s'arrêter au milieu d'une clairière. Nous n'y étions pas seuls.

Formant un cercle presque rituel, des dizaines de chats, de différentes couleurs, de gabarits multiples, nous ignoraient. Sébastien les a approchés, et même en prenant garde à ses mouvements, il ne parvenait pas à réduire au silence les branchages qui protestaient sous ses pas. Mais les félins ne bronchaient pas. On les aurait dits *concentrés* sur ce qui était plus significatif pour eux.

Sébastien s'est tourné vers moi et a murmuré.

— Je suis venu ici d'instinct, Iris. Pas parce que je cherchais quelque chose, mais bien parce que j'y ai été *guidé*. Regarde.

Il a pointé le centre du cercle. Trois chats s'affairaient à bouffer une matière brunâtre et répugnante.

— D'après toi, qu'est-ce qu'ils font? ai-je demandé.

La réponse de Sébastien était catégorique.

— Ils bouffent la merde du suicidé. Les muscles de Miki se sont relâchés dès qu'il s'est jeté en bas de l'arbre, Iris. Mais il n'y a aucune trace de ses déjections sur le sol, en dessous de lui.

– On dirait que les chats ont tout récupéré et ont transporté les excréments ici, pour pratiquer une forme de rituel, ai-je articulé à voix faible.

– Ce sont des *chats*, pas des humains… Il faut que tu partes, maintenant, m'a signifié Sébastien. Je vais devoir appeler des renforts, l'équipe scientifique entre autres. On va tout passer au peigne fin.

– Vous allez…

Au lieu de compléter ma phrase, j'ai adressé un signe de tête en direction de l'endroit où nous avions enjambé la trappe.

– Peut-être bien, a dit Sébastien. Mais il va falloir d'abord s'occuper de l'ange qui a choisi de garnir son arbre avant Noël…, a fait Sébastien en désignant le lointain.

J'ai compris qu'il parlait du pendu.

– Sébastien, il y a une raison pour que le nom de Miki DiMaio ne me soit pas inconnu ?

Mon amant policier est resté silencieux, et même si ses yeux cherchaient dans tous les sens des endroits où s'égarer, je savais qu'ils projetaient des images qu'ils ne voulaient pas voir.

– Tu le connaissais, ai-je ajouté.

– Qu'est-ce que tu dis ?

– Tu l'as nommé dès que je suis arrivée. « Miki DiMaio est mort »… Ce sont les premiers mots que tu m'as dits. Comme si c'était quelqu'un que nous connaissions tous les deux.

• • •

Sébastien a promis que nous allions reparler de tout cela. Il allait m'appeler au cours de la soirée, si les opérations ne s'éternisaient pas sur la propriété de Simeón Kovač.

J'ai retraité jusque chez Isandra. Elle m'attendait avec du thé et des biscuits. J'ai souri. Dans un contexte différent, j'aurais trouvé son attention réconfortante.

Mais dans l'immédiat, je ne pouvais déloger de ma cervelle ce nom qui résonnait en boucles, comme un ver d'oreille.

Miki DiMaio. Miki DiMaio. Miki DiMaio.

Chaque fois que je le prononçais, quelque chose d'étrange se produisait.

Mon souffle s'altérait, comme si j'étais plongée dans un bassin d'eau froide, et j'avais les yeux au bord des larmes.

Miki DiMaio. Miki DiMaio.

Après ma dernière lampée de thé, une image s'est imposée à moi. J'allais consacrer le reste de la journée à trouver son origine et les raisons pour lesquelles elle persistait à parasiter mon esprit.

Un bébé. Et beaucoup de sang.

13

Il faisait presque nuit lorsque le nom de Sébastien est apparu sur l'écran de mon afficheur.

– Tu es encore à Stoneham ? lui ai-je demandé.

– Je viens de quitter les lieux. Ça donne froid dans le dos, cet endroit.

– Du nouveau ?

– Oui et non. Il y avait un mot dans le pantalon de Miki.

– Qu'est-ce que c'était ?

– Une phrase, assez énigmatique : *Où nul œil du ciel ne pénètre.* Tu gardes l'info pour toi, Iris, OK ? Tu laisses ça en dehors de ton livre. On se comprend ?

– D'accord.

– Je suis sérieux. Je serais dans un pétrin pas possible si mes supérieurs apprenaient que je partage ces renseignements avec quelqu'un comme…

– Comme quoi, Sébastien ? Quelqu'un d'aussi désespéré que moi ? Quelqu'un qui détruit tout ce qu'elle touche ?

– Ce n'est pas ce que je dis, et ce n'est pas le moment pour l'apitoiement, Iris. Je te parle de tout ça parce que… parce qu'on est au moins deux à savoir.

– De quoi tu parles, Sébastien ?

– Attends. Je t'envoie une photo sur ton cell. Mais tu la gardes pour toi. Si je la vois dans ton livre, je nierai tout. C'est d'accord ?

– Oui, oui…, l'ai-je rassuré, exaspérée.

– Porte attention à ce qui est écrit.

Au bout d'une minute, j'ai récupéré la photo.

– Qu'est-ce que c'est ? ai-je demandé.

– Un mur de l'appartement de Miki. Tu as remarqué ce qui est écrit ?

J'ai agrandi l'image.

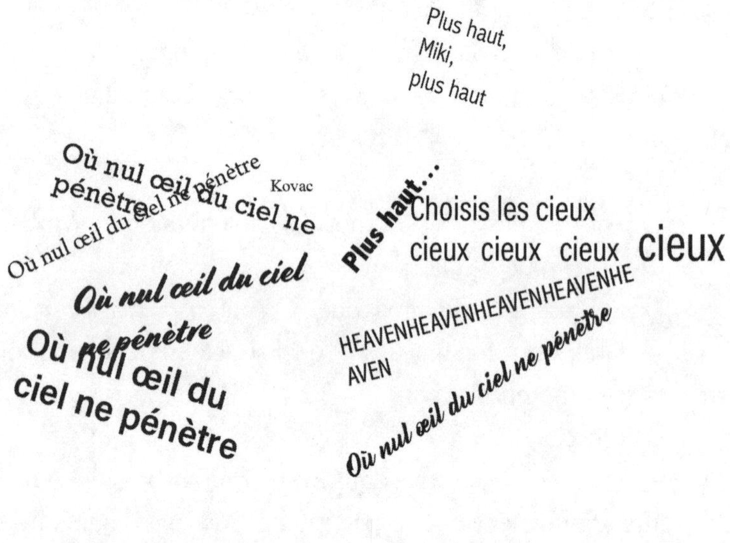

– Mon Dieu ! me suis-je exclamée. Qu'est-ce que c'est ça ?

– T'as vu le nom de Kovač ? Il apparaît dans ce fouillis.

– Mon Dieu…, ai-je répété. C'est tellement compliqué, tout ça…

– Ça pourrait empirer, Iris.

– De quoi tu parles, encore ?

– Kovač est sorti. Il s'est évadé de Baquard, plus tôt cet après-midi.

PARTIE II

Dans ce sang se miraient les corps

1

Isandra a vérifié une quatrième fois si la porte avant était bel et bien verrouillée. Elle aurait placardé les fenêtres, si elle avait eu des planches de contreplaqué à portée de main.

— Je suis tellement désolée, Izy…, ai-je dit. La poisse me suit où que j'aille…

— Arrête de dire des conneries, Iris. Les amies sont les amies.

— Je ne te mérite pas…

— Tu mérites surtout une bonne claque derrière la tête, si tu n'arrêtes pas ! Qu'est-ce qu'on fait maintenant ?

En réalité, il y avait bien peu à faire. Sébastien Hade et ses collègues du SPVQ, aidés de la Sûreté du Québec, pourchassaient Barbe bleue, qui caracolait on ne savait où depuis plus de quinze heures, maintenant. J'ai allumé la télé pour aller aux nouvelles. Peu importe la chaîne, si elle était québécoise, il n'était question que de l'évasion qui avait eu lieu à Baquard.

« Évasion spectaculaire à l'institut psychiatrique Baquard, à l'île d'Orléans, aujourd'hui. En effet, Simeón Kovač, qui a fait les manchettes par le passé pour avoir assassiné l'avocat

Jérôme Vergès au palais de justice de Québec, a échappé à la vigilance de ses gardiens en fin d'après-midi. Le détenu aurait utilisé un objet contondant pour blesser plusieurs membres du personnel avant de s'enfuir de l'établissement.

Au moment où on se parle, les différents corps policiers de la capitale ratissent la région à la recherche de Kovač.

Comme si ce n'était pas assez, une rumeur persiste voulant que le directeur de Baquard, Julien Courval, pourrait avoir été pris en otage au cours de l'évasion. Aucun membre du personnel de l'institut psychiatrique n'a voulu donner de commentaires. Soulignons en terminant la mise en garde des services policiers : Kovač pourrait, à ce stade-ci, avoir quitté l'île. »

Isandra m'a regardée du coin de l'œil.

– Iris... ça va?

Kovač pourrait, à ce stade-ci, avoir quitté l'île. Façon détournée, pour la police, de dire qu'on avait ratissé l'île d'Orléans et que Barbe bleue n'y était pas.

– Et s'il était à ma recherche? ai-je supposé nerveusement.

– Toi? Mais pourquoi? Tu ne lui as rien fait. Tu veux écrire un livre sur lui! De toute façon, tu t'imagines quoi? Qu'il est parti de l'île à la course et qu'il va trouver son chemin jusqu'ici, à Limoilou? Tu penses qu'il peut parcourir une vingtaine de kilomètres, alors que son visage est affiché partout en ville?

Je me suis levée d'un trait.

– Où tu vas? s'est enquise Isandra.

– J'ai du travail.

• • •

J'ai profité du fait d'être encore membre de la Fédération des journalistes pour me prévaloir de mon droit d'accès à l'information. En l'espace d'une heure, j'avais rassemblé assez de matériel sur Miki DiMaio pour m'occuper l'esprit.

Ou le hanter d'un fantôme de plus.

Miki DiMaio avait été arrêté en 2017 pour profanation de sépulture. La police l'avait intercepté au cimetière Saint-Charles, dans le quartier Duberger à Québec, en plein milieu de la nuit. Le jeune homme, alors âgé de 24 ans, était passablement aviné, et son comportement erratique avait incité les policiers à l'embarquer. Miki avait allégué que sa présence au cimetière visait à remplir un trou plutôt qu'à en creuser un. On l'avait confiné dans une cellule, le temps qu'il dégrise, et soit en mesure de se souvenir de son propre nom – ce qui, étrangement, avait fait défaut au moment où les policiers l'avaient appréhendé. *«Le jeune homme bafouillait, incapable de décliner des mots cohérents lorsque questionné sur son identité»*, mentionnait l'article du journal *Le Soleil* qui relatait son arrestation. *«Son comportement était celui de quelqu'un d'intoxiqué, peut-être sous l'effet d'une drogue dure.»* Miki avait subi son procès, qui l'avait envoyé en prison pour six mois fermes.

Des photos de Miki DiMaio circulaient dans les médias depuis qu'on avait découvert sa dépouille, la veille. L'une d'elles le montrait, crâne rasé, le jour de son admission au Centre de détention d'Orsainville. Un détail a attiré mon attention : la photo qu'on avait prise de profil révélait un mot tatoué en calligraphie gothique tout juste au-dessus de son oreille : «Heaven». Je me suis repassé les images de la veille, alors que j'étais pantoise au pied de cet arbre immense que Miki avait choisi comme gibet. Son corps se balançant au-dessus du vide… L'adrénaline et le choc floutaient certaines images de cette scène que Sébastien m'avait fait découvrir à Stoneham, mais il me semblait que le pendu avait des cheveux.

J'ignore pourquoi, mais je me suis sentie interpellée par ce détail. En furetant sur le Net, j'ai retracé facilement la page Facebook de Miki. Depuis la veille, des témoignages de condoléances à la famille et des fragments de souvenirs inondaient sa page. J'ai exploré la section photos, où s'entassaient des clichés de Miki qui étaient, pour la plupart, des *selfies*, et le dénominateur commun des vingt-deux photos que j'ai examinées était le suivant : jamais il n'était photographié en compagnie d'autres gens. Autre constat, triste s'il en est un : Miki DiMaio ne souriait jamais. Une espèce de vague à l'âme m'a envahie, et j'ai songé à ses proches, qui allaient s'admonester pour n'avoir rien vu venir de son acte ultime. J'ai pensé à mes propres parents : quand est survenue la Faille, ont-ils craint ne serait-ce qu'un peu que je pose un geste irrémédiable ?

« L'irrémédiable. » Comme un moustique agaçant, le titre de ce poème baudelairien, cher à Barbe bleue, a tourné un peu autour de moi avant de retourner là d'où il venait.

Un réflexe m'a intimé de vérifier les dates auxquelles les photos de Miki avaient été publiées. Elles avaient toutes été publiées sur sa page depuis 2016. Parmi celles d'avant 2017, deux montraient Miki le crâne rasé. Sur l'une d'elles, on pouvait suffisamment voir son profil droit pour constater qu'aucun tatouage n'était visible au-dessus de son oreille.

Un autre onglet intitulé « Album de Miki » m'a invitée à le parcourir. Il contenait trente-quatre photos, que j'ai regardé défiler machinalement.

Jusqu'à m'arrêter, tétanisée, sur l'une d'entre elles.

Sur la souris de l'ordinateur, ma main tremblait à présent. Je ne pouvais détacher mes yeux de l'écran.

Cette photo.

Ce lieu, sombre, boisé.

Un rassemblement de quelques personnes, disposées en cercle.

Sur la droite, de profil, l'air pensif, quelqu'un de reconnaissable, même à distance.

Moi-même.

• • •

– Tu es bien certaine que c'est toi ?

– Je possède encore le manteau que je porte sur la photo.

– Mais tu ne te souviens pas d'avoir participé à ce rassemblement ?

J'ai secoué la tête. Autour de moi, l'air se densifiait, je vivais dans un étau de noirceur qui se refermait petit à petit. Une semaine plus tôt, j'entretenais l'ambition de rapiécer ma carrière et de viser haut avec un ouvrage consacré à un criminel énigmatique. À présent, le criminel en question cavalait, et je découvrais qu'au moins un pan de mon existence m'était inconnu.

– J'ai compulsé les dates, ai-je mentionné.

Isandra observait l'écran de l'ordinateur comme si quelqu'un, sur la photo répertoriée parmi le portfolio de vie de Miki DiMaio, pouvait lui souffler quoi me dire pour me rassurer. La photo était soulignée d'un commentaire laconique : « *Last week* ».

– Miki DiMaio a été arrêté au cimetière dans la nuit du 5 au 6 avril 2017, ai-je précisé.

– Et… ?

– Rien, oublie ça.

Je me suis retenue de préciser à Isandra que c'était ce soir du 5 avril que j'étais sortie à *L'exil*, là où j'avais fait la connaissance de Sébastien Hade. Cette nuit restait inscrite en moi comme un moment de vagues tâtonnements, d'errance éthérée. Je me rendais compte, en ressassant les événements, que la Faille avait creusé un profond fossé après cette soirée. Il y avait eu Sébastien, des heures de baise torride, puis… rien. J'ai par la suite rencontré une psy au cours de longues semaines passées à remâcher les mêmes souvenirs, à exacerber ma capacité à refouler ma culpabilité quant au suicide du politicien Pierre-Marc Proteau. Puis j'ai été médicamentée pendant six mois. Ou huit. Peut-être un an, au plus.

– Le tatouage…, a fait Isandra. Pourquoi il te chicote à ce point ?

J'ai récupéré mon carnet de moleskine. J'y avais inscrit la phrase que Miki DiMaio avait laissée dans la poche de son pantalon avant de s'enlever la vie. Je l'ai lue à voix haute. C'était la même qu'il avait reproduite à plusieurs reprises sur le mur de son appartement.

– *« Où nul œil du ciel ne pénètre »*. Miki semblait obsédé par le paradis.

– Ou les *cieux*…

Isandra a laissé flotter le sous-entendu dans la pièce, le temps que j'en capte l'essence. Un frisson m'a glacé l'échine quand les fils se sont liés. J'ai tourné les pages de mon calepin jusqu'à retrouver les symboles que j'avais glanés sur le mur du bunker.

– Les Cieux…, ai-je murmuré en observant le deuxième idéogramme.

– DiMaio s'est pendu très haut, Iris… Il aurait pu se donner moins de mal et en finir dans son sous-sol, dans son salon…

J'ai soupesé le raisonnement de mon amie. Isandra voyait juste.

Les Cieux. Un des cinq éléments.

Les questions se sont mises à pleuvoir dans mon esprit.

Miki DiMaio représentait-il *de son plein gré* un des éléments ? Avait-il conclu une entente avec Barbe bleue ? Le connaissait-il ? M'est revenue à la mémoire l'image que Sébastien m'avait montrée : le mur de l'appartement de Miki, griffonné d'inscriptions frénétiques parmi lesquelles figurait le nom de Kovač. L'acte irrémissible qu'il avait commis la veille avait-il quoi que ce soit à voir avec cette soirée du 5 avril 2017 ?

Cette soirée à laquelle tu as participé, m'a rappelé la voix de ma conscience. Ou de mon bourreau intérieur.

Puis une nouvelle idée m'a traversée comme une vérité depuis trop longtemps larvée.

Si Miki DiMaio représentait les Cieux, à qui incombait de représenter les quatre autres symboles ? Était-ce bien le dessein de Barbe bleue, que ceux qui cédaient à son joug incarnent les éléments de son pentacle ? Isandra m'a tirée de mes réflexions.

– J'ai effectué un peu de recherche de mon côté, depuis que tu m'as parlé du pentacle, a-t-elle dit. Les cinq éléments, ce sont bien le Vide, les Cieux, la Lumière, l'Esprit et les Ténèbres ?

J'ai acquiescé, lui montrant comment ils étaient disposés dans le pentacle.

– Le Vide et les Cieux, en haut, de gauche à droite, ai-je indiqué. La Lumière à gauche, l'Esprit en bas et les Ténèbres à droite.

Isandra a récupéré une feuille dans le tiroir du meuble qui occupait un coin de sa cuisine. Elle s'est raclé la gorge et s'est mise à lire.

– « *Au commencement, Dieu créa les cieux et la terre. La terre était informe et vide : il y avait des ténèbres à la surface de l'abîme, et l'esprit de Dieu se mouvait au-dessus des eaux. Dieu dit : Que la lumière soit ! Et la lumière fut.* »

– Des versets bibliques.

– Genèse, chapitre 1, versets 1 à 3, a confirmé Isandra.

– Pourquoi Barbe bleue citerait-il la Bible ?

– Il ne la cite pas, s'objecta Isandra. Il récupère les éléments pour se les approprier. C'est le propre des profanateurs : ils modifient le rite, ils souillent le sacré. À preuve, le gros livre que tu as découvert.

– Le *Codex Gigas.*

– Voilà. La « Bible du Diable », n'est-ce pas ? Encore une appropriation frauduleuse.

J'ai médité sur ces mots, me rappelant un autre acte de profanation : celui qui avait coûté à Miki DiMaio d'être arrêté au cimetière puis emprisonné.

– Qui sont les autres ? ai-je lancé.

– Hein ?

– Miki représente les Cieux. Qui sont les quatre autres ?

Isandra a planté ses prunelles dans les miennes. J'étais si absorbée, si tourmentée par ce qui m'arrivait que je manquais de recul. Puis j'ai saisi.

– Les trois mortes du bunker !

J'ai examiné le pentacle comme s'il pouvait me révéler sa vérité, espérant identifier les emplacements correspondant aux trois femmes que Barbe bleue avait abandonnées sous la terre dans la forêt de Stoneham.

— On peut assez facilement dire qu'on a les Ténèbres, j'imagine, a supputé Isandra. Tu as exploré le bunker dans la noirceur totale.

— Oui. À la limite, l'Esprit et la Lumière pourraient aussi avoir été présents. La lumière de mon téléphone m'a permis de voir ce que Kovač voulait garder secret. Et...

J'ai hésité, honteuse.

— Quoi?

— Une des victimes m'a parlé, ai-je lâché. Je ne suis pas folle, Izy, j'ai entendu parler...

— Peut-être son esprit...

— Ça nous en donne quatre. Resterait le Vide, ai-je suggéré.

Puis je me suis rappelé ma première rencontre avec Barbe bleue. Sa manière éhontée de parler de ce qu'il avait fait de son avocat. Il s'était même permis une boutade. *Vous savez ce qu'on trouve quand on met les mains dans les entrailles d'un avocat? Beaucoup de sang, encore plus de merde, mais pas de cœur.*

— C'est Vergès! ai-je dit avec un peu trop d'enthousiasme. Le Vide, c'est l'avocat.

Simeón Kovač avait vidé les entrailles de Vergès et s'était fait un lugubre collier avec ses intestins.

— Mais... Si Miki DiMaio est la dernière pièce du casse-tête, pour Kovač, qu'est-ce qui est censé se produire ensuite?

— On risque de le savoir plus tôt que tard, Izy. C'est quand même un drôle de hasard que Barbe bleue se soit évadé le jour même où le dernier morceau de son plan s'est mis en place.

2

J'ai mis un temps fou à m'endormir après ma discussion avec Isandra. J'imaginais Kovač en cavale. J'évitais de regarder la fenêtre de la chambre que j'occupais chez mon amie, de peur d'y apercevoir le visage de Barbe bleue, m'observant, allongée sur mon lit. J'ai fini par me couler dans un sommeil houleux, peuplé de créatures sans visage. Mon esprit semblait reconnaître les gens qui m'étaient proches – Isandra, Sébastien –, mais c'était une impression : aucun de ces êtres cauchemardesques n'était doté d'un visage.

Au plus fort de la nuit, je me suis vue, au milieu de la forêt, cerclée d'arbres si hauts que je n'en discernais pas les cimes. Ils figuraient les barreaux d'une prison qui me retenait dans le ventre de la forêt. Mes yeux mettaient du temps à se focaliser dans l'obscurité, jusqu'à distinguer des silhouettes, à distance. L'une d'elles s'avançait dans ma direction, jusqu'à me révéler un visage familier.

Miki DiMaio.

Il portait autour du cou la corde qui allait lui enlever la vie, et une marque rouge serpentait sous sa pomme d'Adam, plaie à vif qu'il parvenait à ignorer. Miki ne m'adressait pas la parole, mais me tendait la main. Au creux de sa paume se hérissait ce qui ressemblait à un petit cactus. Miki m'intimait de prendre le végétal, d'en retirer un ou deux boutons et de les mastiquer. Une fois que j'avais suivi ses consignes, il s'éloignait jusqu'à se fondre dans l'obscurité. *Je dois retrouver ma solitude,* l'entendais-je marmonner. Bientôt, il n'était plus qu'une voix dans la noirceur opaque de la forêt.

Coupure. L'image qui apparaissait ensuite m'offrait un point de vue depuis le sol : allongée sur le dos, je voyais un ciel noir piqué par la pointe des arbres. À proximité, une plainte que je n'arrivais pas à identifier. Un couinement… ou plutôt un gazouillis, puis des pleurs.

Un bébé.

J'essayais de me redresser, mais la substance que m'avait offerte Miki était si puissante qu'il m'était impossible de solliciter mes membres. Je me sentais habitée par une mollesse qui me déconcertait mais m'emplissait aussi de béatitude.

Nouvelle coupure. Je rouvrais les yeux, mais ne pouvais recouvrer la vue. Ténèbres totales. Les pleurs d'enfants avaient été remplacés par une voix graveleuse, qui scandait le même mantra, quelque part à proximité.

À l'heure où sur ton front

Comme un temple nouveau ses rameaux s'épandront.

J'ai vu les mots s'imprimer sur le ciel, tracés par des mouvements amples de coulures rouge sang. Puis le calme inquiétant de la forêt a été rompu par un hurlement qui a semblé jaillir des entrailles de la Terre.

Je ne pouvais le voir, mais je savais que c'était l'enfant qui hurlait à se fendre l'âme.

• • •

14 juillet 2021

L'épreuve d'une nuit hantée par les cauchemars s'est soldée par un lever beaucoup trop tard à mon goût.

Dans l'appartement, Isandra était introuvable.

D'instinct, j'ai ouvert la porte avant. Dans l'entrée, Isandra était agenouillée et me tournait le dos. Quand elle m'a entendue, elle a pivoté vers moi, tout sourire.

– Regarde qui j'ai trouvé !

Sur son épaule reposait un chat, gris comme le doute.

– Laisse ça ! ai-je crié.

La bête s'est éjectée des bras de mon amie et, avant de tourner les talons pour fuir dans la ruelle, m'a adressé un regard désapprobateur.

– Iris… c'est juste un *chat.* Il y en a des dizaines dans le quartier, tu sais.

3

Sébastien m'a accueillie, mais cela ne l'enchantait pas.

— On ne peut pas rester ici, a-t-il immédiatement décrété.

Un ou deux collègues ont remarqué son malaise et l'ont observé alors qu'il m'entraînait hors de la pièce principale où ils discutaient. Nous sommes passés devant le comptoir de garde, à l'entrée du poste de police, et Sébastien a signifié à l'homme qui y officiait que tout allait bien.

— Viens, m'a-t-il dit avant de sortir du bâtiment et de se diriger vers le parc Victoria.

Un soleil de plomb régnait en toute quiétude au milieu d'un ciel lisse comme la vie que j'aurais pu avoir, si j'avais opté pour l'avenir qu'avaient entrevu pour moi mes parents. Un essaim de smog saisissait déjà le centre-ville dans son étau, alors que l'après-midi débutait à peine. Je pouvais sentir au paraverbal de Sébastien que me voir était la dernière chose qu'il espérait aujourd'hui. Il avait mieux à faire.

— Je t'ai connu plus volontaire, ai-je dit.

— Iris… on ne joue plus, OK?

— Tu as du nouveau?

Il a soupiré. L'essentiel de sa vie l'exaspérait. Je le connaissais peu, mais je me souvenais de l'avoir entendu me raconter qu'il ne serait pas policier toute sa vie. Il avait trente-neuf ans, n'éprouvait aucune attache particulière pour le corps de métier auquel il appartenait. Certes, il était investi de la mission propre à sa fraternité, et il aurait pris la défense d'un coéquipier… parce que l'éthique du métier l'exigeait. Mais s'il finissait par en avoir assez, il pourrait tout quitter pour aller faire pousser des tomates en campagne, si ça lui chantait.

– On n'a pas encore repéré Kovač, si c'est ce que tu veux savoir.

– Entre autres, oui. Je ne me sens pas en sécurité, Sébastien.

– Justement : reste à l'abri.

– À l'abri où, au juste ? Tu peux me le dire ? Parce que je t'avoue que je suis un peu dans le néant, là. Peu importe l'endroit, Kovač sait me retrouver.

– De quoi tu parles ?

– Laisse faire…

– Je te dirais de venir chez moi, Iris, mais ce ne serait pas approprié…

– Quoi, de prendre soin de quelqu'un d'autre que toi-même ? Ça ferait changement, non ?

– Hé, *easy*, OK ? Je ne t'ai rien fait, moi.

– Vous êtes allés vérifier à Stoneham ?

– Évidemment, qu'est-ce que tu penses ? Même un fou furieux comme Kovač sait que c'est le dernier endroit où il doit aller se cacher. Écoute, Iris… vaut mieux que tu partes. Mets-toi quelque part en sécurité, va te reposer… T'as l'air… fatiguée.

– Tu penses que je dérape, hein ? Tu me connais à peine et tu penses que c'est la fatigue qui me fait perdre les pédales depuis une semaine…

– Je ne pense rien, Iris. Mais je pourrais me dire que c'était une mauvaise idée de t'appeler, hier, pour te montrer ce qui est arrivé à Miki. Je suis désolé.

J'ai sondé le fond de ses yeux. Sébastien n'était pas net.

– Tu l'appelles par son prénom, lui ai-je fait remarquer. Hier aussi, quand tu me l'as montré, tu l'as appelé «Miki». Comme si tu le connaissais, Sébastien. Comme si *moi,* j'étais censée le connaître aussi. Explique-moi, parce que là…

À l'appartement d'Isandra, je réussissais à lui poser mes questions sans broncher lorsque je visualisais la scène, mais la réalité est différente du fantasme. J'ai flanché avant de finir ma dernière phrase, et Sébastien a passé son bras autour de mes épaules, manifestement aussi mal à l'aise que s'il était forcé de me demander en mariage.

– Tu ne te souviens pas *du tout* de Miki?

Le regard de Sébastien avait changé. Il accusait à présent la noirceur des âmes qui ont en commun d'avoir coudoyé le pire. En raison de son métier, Sébastien voyait l'horreur au quotidien, mais j'étais d'avis que ses yeux avaient enregistré des images d'un autre niveau.

– Aide-moi à raccommoder les morceaux, Sébastien…, l'ai-je supplié en sanglotant comme une écolière.

Il a jeté un œil à sa montre et a compris qu'il ne rentrerait pas au bureau avant de longues minutes. On s'est assis sous un érable centenaire, à proximité de la rivière. Sébastien m'a confié qu'à cet endroit précis, le patron d'une multinationale sise à Québec avait été assassiné de sang-froid, deux ans auparavant.

– L'histoire de Miki est mêlée à la nôtre, Iris.

Et il s'est mis à la raconter.

4

5 avril 2017

Iris et Sébastien quittent L'exil *en ricanant comme des adolescents. Sébastien tâte ses clés dans la poche de son pantalon, et sans aucune gêne, Iris tâte à son tour pour l'aider à les trouver. Ou à trouver une érection.*

– Attends jusqu'à la maison…, la supplie-t-il. Sinon tu vas me tuer !

– C'est loin ? demande Iris.

À peine trois kilomètres, constate-t-elle, pendant lesquels Sébastien garde une main sur le volant, l'autre, entre les cuisses d'Iris. Les yeux fermés, prise de déhanchements lascifs, elle semble avoir abandonné au bar les tracas qui troublaient son regard quand Sébastien l'a approchée.

Arrivé dans le stationnement, Sébastien gare son camion Chevrolet Colorado derrière le bâtiment et offre une cigarette à Iris avant de sortir. Elle secoue la tête.

– Je ne fume pas, dit-elle. Mais j'ai bien d'autres vices.

Sébastien en est le spectateur privilégié au cours des deux heures qui suivent. Leurs corps s'accordent avec une fougue endiablée, particulièrement après qu'il a convaincu Iris de partager un peu de shatter *avec lui.*

Le policier de trente-cinq ans ressent une excitation particulière à l'idée de se taper une femme plus vieille que lui de quelques années. Iris, quant à elle, ressent l'impression presque gamine de transgresser une loi non écrite à l'idée de se farcir un homme qui l'a choisie, elle, plutôt que n'importe quelle autre femme de son âge. La sexualité débridée à laquelle ils se livrent se compose de gestes qu'ils exécutent tout naturellement – comme s'ils les avaient répétés un nombre incalculable de fois.

Il est 2 h 30 passées quand Sébastien demande à Iris de quoi elle a envie.

– De quoi j'ai envie ? Tu as vu l'heure qu'il est ?

À dire vrai, Iris elle-même est si rétamée par la quantité d'alcool qu'elle a ingurgitée – à L'exil *puis chez Sébastien, avant, pendant et après l'action – qu'elle n'arrive à lire que des symboles flous sur la minichaîne de radio-réveil.*

– Je n'ai pas envie de dormir, lui confie Sébastien.

Évidemment : il a gobé des amphètes qui ont annulé les effets du shatter *et qui lui font des yeux comme deux phares à travers la brume. Iris l'a bien fait rigoler en soulignant qu'elle croyait que les policiers se privaient de traverser de l'autre côté de la clôture. Même à quarante-deux ans, elle a conservé sa naïveté d'enfant.*

– J'ai une idée ! dit-il comme s'il venait de découvrir un vaccin contre le cancer de la prostate.

Sébastien se lève, sa nudité se fondant dans la noirceur épaisse de sa chambre à coucher. Il sonde les poches du pantalon qu'il portait au bar puis repêche un bout de papier.

– Un gars m'a donné ça, tout à l'heure.

– Qu'est-ce que c'est ?

– Des coordonnées.

– Tu t'excites à pas grand-chose. Je devrais presque en être vexée…

– *Tu comprends pas. Il y a un* after hour *à cet endroit. Ta religion t'oblige à dormir, toi, la nuit?*

– *Ma religion, je lui dicte ce que je veux et elle s'adapte.*

• • •

Le Colorado noir de Sébastien se laisse effleurer par les branches basses, des mains de vieilles tantes, ravies qu'il se soit présenté à la fête.

– *Où on est? s'enquiert Iris.*

Pour être franche, elle dirait d'elle-même qu'elle est atteinte du syndrome de la Vénus de Milo : il lui en manque des bouts. L'alcool lui va moins bien qu'avant, ou bien Sébastien a enjolivé les Cosmo qu'il lui a servis lorsqu'ils étaient chez lui. Iris a dû se retenir pour ne pas vomir au cours du trajet. Comment Sébastien a-t-il fait, d'ailleurs, pour conduire jusqu'ici, avec tout ce qu'il s'est enfilé au cours des dernières heures?

– *Stoneham, répond-il au bout d'un temps.*

– *Et qu'est-ce qui me vaut l'honneur d'une tournée des grands-ducs à Stoneham? raille Iris.*

– *Le gars qui m'a remis l'invitation… je le connais un peu.*

Sébastien se tourne vers Iris, l'air sérieux.

– *C'est un indic. Je l'ai sauvé du pétrin plus d'une fois. Depuis ce temps-là, il collabore… il me vend des bonbons quand j'ai envie de me faire ma petite Halloween perso. Et il sait ce que j'aime faire de mes soirées.*

– *C'est qui, ton gars?*

– *Il s'appelle Miki.*

– *Tu vas me le présenter?*

– *Mouais, probablement.*

Illuminée par une idée soudaine, Iris se redresse sur le siège du passager. Elle prend conscience que la ceinture de sécurité l'enserre un peu trop, mais ne se souvient pas de l'avoir bouclée elle-même.

– Tu ne me fais rien de mal, hein, Sébastien?

– De mal?

– Je ne veux pas découvrir trois, quatre gars qui vont… Tu sais… me…

Une lame de lucidité s'est enfoncée dans son esprit, et elle n'apprécie pas l'obscurité ambiante. Dehors, les arbres s'élèvent comme des géants séculaires, et leurs silhouettes dans la nuit, bercées par le vent, donnent à croire qu'ils se déplacent.

Ils descendent du camion et s'engagent sur un sentier qui fend la forêt. Iris trébuche une fois ou deux, mais Sébastien la rattrape. Quand ils débouchent dans la clairière, d'autres humains naissent des ténèbres. Ils sont quatre. Le type qui hoche la tête à l'attention de Sébastien semble le connaître. C'est sans doute Miki. Son crâne est rasé de près, ses traits sont tirés. Les trois autres paraissent hypnotisés par un feu qui crépite au milieu d'eux : des phalènes fascinés par la lumière. Personne ne dit mot, ce qui rend Iris inconfortable.

– Sébastien, tu m'as parlé d'un after hour… *Promets-moi de ne jamais m'amener à des funérailles…*

Le type qui doit être Miki jette un regard mauvais à Iris. Sous l'éclairage déficient du feu, ses yeux semblent injectés de sang.

À proximité du feu, une jeune fille est assise en tailleur. Son allure dépenaillée frappe Iris, mais pas autant que son âge : c'est à peine une adolescente, elle doit avoir au plus une douzaine d'années. Ses yeux tristes sont concentrés sur l'allumette qu'elle pince entre ses doigts et qu'elle laisse se consumer… jusqu'à ce que le feu n'ait plus rien à brûler que ses doigts! Les langues de feu se nourrissent avidement de sa peau, mais la jeune fille ne réagit pas. Au bout d'un moment, elle secoue la main, comme si elle souhaitait éloigner un simple moustique, et le feu s'éteint. Ses doigts, intacts, sélectionnent une nouvelle allumette, puis le manège recommence. Sa main s'enflamme encore une fois, mais la jeune fille la secoue lassement. Enfin, elle remarque la présence d'Iris et de Sébastien. Elle lève les yeux vers eux. Iris ignore si c'est le feu qui est allumé au milieu des convives qui se reflètent dans les prunelles de la jeune fille ou si c'est son regard qui est naturellement coloré d'un orange aussi vif. Quand elle parle, la voix qui sort de sa bouche appartient à quelqu'un de beaucoup plus âgé qu'elle.

– Il arrive.

Un froissement dans le noir a pour effet de saisir tout le monde – même Sébastien, qui se raidit. Les ténèbres sont trop opaques pour que les yeux distinguent quoi que ce soit, mais le frottis de pas sur les feuilles et les branchages annonce une arrivée. Iris sent que l'atmosphère vient de s'altérer, comme si l'oxygène devenait soudainement plus rare.

Du néant se matérialise une créature immense, dont la tête dépasse tout le monde. Une tête, par ailleurs, anormale. La peur qui tient Iris au ventre l'a dégrisée un tantinet, mais elle craint d'être encore sous l'effet de ce que Sébastien lui a servi : le crâne qu'elle distingue à présent est celui d'un bouc dont les cornes font la longueur d'un bras humain. La lumière qui éclaire l'être qui vient de surgir de l'obscurité permet à Iris de remarquer un détail qui a l'effet de la terroriser : la tête de bouc semble authentique, ainsi que le révèlent les coulures de sang qui maculent le torse de l'homme qui l'a enfilée.

– Qu'est-ce…

Le coup de coude de Sébastien force Iris à se taire. Les mains de l'homme à tête de bouc, croisées devant lui, affichent de manière ostensible des ongles qu'il n'a pas taillés depuis longtemps : ils figurent des griffes prêtes à punir le premier des convives qui osera parler sans y être invité. À une de ses mains, deux doigts semblent avoir été coupés.

Mais l'apparence de cette chose n'est pas le plus effrayant. La voix qui jaillit de l'intérieur de ce crâne glace le sang d'Iris, qui sent le besoin de se rapprocher du feu.

– Miki, fait la voix, as-tu amené le sacrifié?

Le sacrifié? *réagit Iris. D'instinct, sa main attrape celle de Sébastien et la serre de toutes ses forces. Elle a envie d'être ailleurs. De fuir. Voilà :* fuyons, c'est encore le moment, *se dit-elle.* La créature à tête de bouc n'aura jamais le temps de nous rattraper.

Mais Sébastien a l'air paralysé par ce qui se déroule devant eux.

– Sébastien! chuchote Iris. Fais quelque chose! Il a parlé d'un sacrifié!

Les autres convives entonnent à l'unisson un «shhhhhhhhh» sans équivoque. Iris comprend qu'elle n'a pas droit de parole, et la simple idée de subir les remontrances de cet homme qui s'accoutre en animal au milieu des bois la pétrifie.

L'officiant – car c'est bien son rôle, Iris finit par le comprendre – pince un petit objet qui ressemble à une pilule dans un récipient qui en contient plusieurs. Comment fait-il, avec des griffes aussi longues? *Une odeur parvient jusqu'aux narines d'Iris : une puanteur musquée mélangée d'effluves ferreux.* La tête de l'animal est réelle, *songe-t-elle.* C'est elle qui produit ces relents dégoûtants! *Le Bouc tient entre ses doigts la pilule et la présente à la ronde. À tour de rôle, les convives attrapent un de ces cachets, comme s'ils savaient déjà de quoi il s'agissait, et l'ingurgitent.*

Encore une fois, Sébastien donne du coude à Iris.

– Fais comme eux. Ne pose pas de questions.

Le récipient arrive jusqu'à Sébastien. Iris constate qu'il ne contient pas de pilules, mais plutôt ce qui s'apparente à des noix de pin. Sébastien en attrape une et se met à la mastiquer. De mauvaise grâce, Iris l'imite. Elle se sent si loin de chez elle… Pourquoi Sébastien et elle ne sont-ils pas restés à l'appartement? Pourquoi fallait-il venir ici?

Cependant, les vibrations changent assez rapidement, et le bouton qu'elle mastique avec méfiance diffuse en elle une essence puissante qui altère ses sens. Bientôt, Iris sent le sol se dérober sous ses pieds, au point qu'elle doit prendre appui sur Sébastien. Quand il se retourne pour la regarder, son amant lui sourit, et ses dents sont devenues de longues pointes effilées. Le visage de Sébastien n'a plus rien d'avenant ni même de séduisant : l'homme à ses côtés a les yeux vitreux, ses pupilles sont si dilatées que ses yeux paraissent couverts d'une pellicule noire.

Iris jette des regards autour d'elle : les autres sont de plus en plus agités. Elle a chaud, et on dirait bien que le feu n'a rien à y voir. Son cœur palpite dans ses tempes. Derrière le Bouc, une rangée d'arbres vacille, leurs branches tirées vers l'avant, prêtes à étreindre les pauvres humains ameutés autour du feu. Iris ferme les yeux. La voix caverneuse du gourou retentit. On dirait qu'elle se répercute dans toute la forêt.

– Donne-le-moi, ordonne-t-il à Miki.

Miki est pourvu d'un sac à dos. Il en tire un paquet emmitouflé dans un drap de coton. Une tache humide macule le tissu. La peur qu'éprouvait Iris quelques minutes plus tôt s'est muée en une curiosité exacerbée par la substance qu'on l'a obligée à consommer. Le Bouc reçoit l'offrande de Miki. Sa tête bestiale est devenue démesurée, et Iris croit bien avoir vu un des yeux de l'animal mort bouger, la regarder, elle, l'accuser de manquer d'obséquiosité devant ce qui se déroule ici même.

À son tour, Sébastien s'agrippe à Iris. Il ne sourit plus : ses yeux tentent de se focaliser sur ce que le Bouc s'apprête à réaliser.

– Il a été abandonné par les siens, gronde la voix. On va en faire un des nôtres.

Les mains griffues du Bouc découvrent la chose que Miki lui a confiée.

Un bébé.

Le souffle d'Iris s'accélère. C'est la drogue. Non, c'est la peur, c'est l'horreur, la honte, l'inconfort, elle va vomir, elle va s'effondrer, pleurer, crier, se jeter dans le feu, fondre, ses souvenirs aussi, ses peurs, ses doutes, ses certitudes… Iris pose une main sur sa bouche pour retenir le cri qui meurt du besoin de se jeter dans la forêt, d'ameuter les arbres, d'alerter les créatures de la nuit, quiconque pourrait empêcher ce fou hideux de manipuler le petit être qui…

… est inerte. Le bébé est livide. Et affreux. Ses traits sont mangés par l'horreur et la nuit. Est-ce la drogue qui s'amuse à défigurer l'enfant ou est-ce que Miki l'a choisi justement *parce qu'il porte en permanence le sceau de la terreur sur son propre visage?*

– Bel enfant, reprend le Bouc, tu vas revivre.

Il est mort… C'est un mort! *s'indigne Iris, mais elle a compris qu'elle n'a pas le droit d'extérioriser sa révolte.*

Le gourou sort une dague de la longue toge qui le recouvre. Iris ferme les yeux, mais elle entend le bruit juteux d'un objet qu'on enfonce dans du mou. Le décor n'est pas plus rassurant sous ses paupières : toutes les couleurs du spectre chromatique se lancent à sa poursuite; le Bouc ouvre grand la gueule et va la gober; Sébastien est là, lui aussi, avec son sourire carnassier et ses yeux de bête figés dans le néant.

Iris rouvre les yeux. Sa peau est si brûlante qu'elle voudrait s'en départir, l'enlever comme un manteau. La sueur lui coule dans les yeux. Le cœur, ce cœur, son cœur : il bat, se rue, pulse contre sa poitrine, veut se soustraire à la scène.

Mais le bébé? Où est-il? Qu'a fait le gourou de l'enfant, pendant les secondes ou les minutes au cours desquelles Iris s'est retirée sous ses paupières? Le Bouc a les mains vides. La drogue est puissante, mais Iris n'a pas rêvé : cet homme – non : cette bête – portait un bébé mort entre ses bras.

Elle déporte son regard jusqu'au sol. Aux pieds du gourou est apparu un chat, qui n'a de cesse de se frotter contre la jambe de l'officiant. L'animal est si noir qu'on le confondrait avec la nuit. Lorsqu'il se dresse et pose les pattes sur la cuisse de son nouveau maître, Iris observe son poitrail.

Une longue cicatrice, encore sanglante, court depuis son cou jusqu'à son sexe. Le gourou pose la main sur la tête de l'animal, qui se retire aussitôt, apaisé, et s'enfonce dans la forêt.

– Gloire et louange à toi, Satan, dans les hauteurs, clame le gourou. Fais que mon âme un jour, sous l'Arbre de Science, près de toi se repose, à l'heure où sur ton front, comme un temple nouveau, ses rameaux s'épandront !

Une litanie, comprend Iris. Un appel à Satan. Que fait-elle ici ? Pourquoi Sébastien…

Le Bouc reprend :

– Voulez-vous voir le vrai visage du Mal ?

L'assemblée entonne un « oui » désarticulé, mou, désynchronisé.

Le Bouc pose sa patte griffue sur l'épaule de la femme qui est à sa gauche.

– Veux-tu voir le vrai visage du Mal ?

La femme est jeune, à peine sortie de l'adolescence, dirait-on. Ses yeux épouvantés s'agrandissent, Iris les voit sortir totalement de leurs orbites. Le visage difforme de la jeune femme articule des mots qu'Iris n'arrive pas à déchiffrer. Puis elle tourne les talons et détale vers la forêt. Elle a à peine le temps de se laisser avaler par l'épaisseur de la nuit que, dans la seconde, on l'entend hurler, et ses cris sont un éclair sonore à déchirer les tympans : le cri de quelqu'un de perdu à jamais.

Puis le hurlement s'interrompt brutalement, dans un craquement sec.

Au loin, des miaulements s'élèvent, presque des plaintes ou des acclamations félines, accompagnés de bruits glaireux, de craquements sonores. Comme celui d'os rompus par des prédateurs.

– Oh shit ! Oh shit ! Oh shit ! *ne cesse de se répéter Iris.* Il y a d'autres chats comme celui qu'a créé le gourou à partir du cadavre du bébé !

Le Bouc se retourne et la forêt adopte un nouvel éclairage, comme si la Lune obéissait à ses envies, là même où est allongée la jeune femme qui a essayé de déserter l'attroupement. Des chats – au moins une douzaine – se régalent de son corps.

Iris panique, sa main s'agrippe au poignet de Sébastien. Mais ce n'est plus Sébastien. C'est Miki. L'instant d'après, c'est une femme. Quelle est la substance que ce malade a servie à ses convives ? Iris a perdu jusqu'à ses moindres repères.

Le gourou reprend son service, s'approche d'une autre femme. Iris la remarque pour la première fois depuis son arrivée : elle a l'air mature, plus calme que quiconque assiste à la cérémonie sacrificielle. Ses cheveux sont relevés en un chignon élégant, et les yeux qu'elle pose sur le Bouc s'illuminent de reconnaissance.

– Veux-tu voir le visage du Mal ? lui demande le Bouc.

– Oui, c'est mon plus cher désir ! répond la femme, qui accueille la patte griffue du gourou sur son épaule avec un sourire rasséréné.

– Il est en toi, Dolorès. Regarde-le.

Les yeux de la femme se révulsent, et aussitôt son corps est secoué de tremblements frénétiques. Les paupières grandes ouvertes, la femme exulte, exposant à la nuit toute la blancheur de ses sclères : « Je le vois ! Je le vois ! » scande-t-elle, en extase. Son corps oscille, possédé par une gymnastique qu'elle seule paraît maîtriser.

– Le Mal est grand, déclare le Bouc. C'est à vous d'accepter son invitation. Tournez les yeux vers votre âme. Vous le verrez se délecter de ce que vous avez à lui servir.

À droite d'Iris, Miki se prête au jeu : quand le Bouc l'attrape par la nuque, Miki se concentre, révulse les yeux. Son corps se met aussitôt à frémir comme un moteur qui s'est mis en marche.

Au bout d'un moment, la dénommée Dolorès s'effondre, vannée par l'énergie que lui a soutirée sa vision. Miki fait de même : son corps flasque heurte Iris en se laissant tomber.

Quand les yeux injectés de sang du Bouc se fixent sur Iris, la jeune femme comprend qu'elle n'échappera pas au rituel, ce que le Bouc confirme en l'agrippant par les cheveux. Alors lentement, elle révulse ses globes oculaires, jusqu'à sentir la brûlure de ses nerfs, dont elle exige qu'ils repoussent les limites du possible. Les pupilles d'Iris montent se réfugier sous la paupière supérieure.

Puis elle voit. Un être informe, impossible à cerner, mais il est là. Sa présence est si forte qu'elle aussi sent son corps trembler comme un temple fragile. Une ombre ne fait qu'un avec elle-même, va recouvrir ce qu'elle est et a toujours été. Iris comprend – sans avoir besoin de confirmation de la part de celui qui vient de s'approprier ce qu'elle est – qu'elle ne sera plus jamais la même.

D'instinct, elle sait que pour protéger le secret de ce qu'elle est à présent, il vaut mieux arrêter la machine avant que les images ne s'imprègnent de manière indélébile.

Noir total. Sensation vague du sol sous son crâne.

•••

Quand elle revient à elle, Iris voit Sébastien. Le ciel s'est coloré d'aube, il est temps de partir.

– Où on est ?

– Viens, lui ordonne Sébastien.

Il a l'air préoccupé.

– Qu'est-ce qui s'est…

– Viens, dit-il simplement.

Pour regagner le Chevrolet Colorado de Sébastien, il faut passer à proximité d'une habitation savamment dissimulée au creux de la forêt. Iris ne se souvient pas de l'avoir longée, à l'arrivée… mais c'était il y a si longtemps, semble-t-il.

Au passage, Iris tend le cou et jette un œil à travers une fenêtre. C'est le campement d'un chasseur. Au haut de chacun des murs, couronnant la pièce principale, sont fixés les crânes de chacune de ses proies. Elle le sait.

Iris ne le jurerait pas sur un livre sacré, mais elle est assez certaine de ce qu'elle voit pour en être estomaquée et sentir un spasme vomitoire naître en elle.

Les petits crânes exposés dans ce chalet sont ceux de bébés.

5

Quand Sébastien a arrêté de parler, il avait les yeux cernés.

– Mon Dieu…, ai-je soufflé machinalement.

Mais Dieu ne pouvait rien contre l'ignominie que venait de raconter Sébastien. Au fur et à mesure qu'il avait relaté les faits, des bribes m'étaient revenues, par à-coups, esquilles passagères, restes émiettés d'une soirée qui m'avait échappé, et qui pourtant avait peut-être dirigé l'essentiel de ce que j'avais fait depuis quelques années. Mon réflexe : essayer d'identifier, dans mon quotidien, les paroles, les gestes, les actes qui m'appartenaient, mais qui pouvaient avoir été gouvernés par ce à quoi j'avais assisté cette nuit-là.

Sébastien m'a regardée, gêné.

– J'ai regretté de t'y avoir amenée, Iris. J'ai souvent eu l'envie de t'appeler, au cours des mois qui ont suivi… jusqu'à…

– Jusqu'à la semaine dernière, ai-je compris.

Au-dessus de nous, le ciel s'était couvert, comme par pudeur, craignant d'exposer l'exubérance du soleil aux deux âmes souillées qu'étaient les nôtres.

– Le bébé…

– C'était un mort-né, m'a coupée Sébastien.

Il a soupiré, indiquant que le rappel de ces événements lui comprimait la poitrine, probablement autant que la mienne maintenant. J'ignore ce qui était le plus difficile à concevoir : apprendre ces horreurs plus de quatre ans après qu'elles avaient été commises ou devoir vivre, comme Sébastien, avec leur poids sur la conscience.

– Tu t'es déjà promenée dans un cimetière, Iris ?

– T'as un drôle d'emploi du temps, Sébastien…

Il a ignoré mon cynisme.

– À la lisière du bois, dans le cimetière Saint-Charles – comme dans tous les cimetières catholiques –, on enterre les enfants mort-nés. Leurs pierres tombales sont tenues à l'écart.

– Parce qu'ils n'ont pas vécu assez longtemps pour être baptisés. Je sais. J'ai toujours trouvé cette pratique ignoble. Comme si ces enfants n'étaient pas des êtres humains à part entière…

– Ce soir-là, Miki DiMaio avait été mandaté pour en apporter un pour la cérémonie, a renchéri Sébastien.

La tête basse, il portait la honte sur son dos. Le parc Victoria était désert, mais même s'il y avait eu des passants à proximité, j'ai l'impression qu'il aurait cherché à se libérer du secret qui l'empoisonnait depuis des années.

– Et les autres ? ai-je demandé. J'en ai vu d'autres, dans le chalet.

Je repensais à ces petits crânes, exhibés sans gêne comme des trophées dans l'habitation forestière de Barbe bleue…

– Il faut se méfier de ce qu'on voit là-bas, Iris… On avait tous été fortement drogués…

– Avec quoi ?

– Des boutons de peyotl, a précisé Sébastien.

Encore une fois il a soupiré, comme s'il souhaitait se purger de tout cet air vicié qui lui polluait les poumons.

– Quand Kovač est arrivé au Québec, a repris Sébastien, plusieurs l'ont eu à l'œil, suivant en cela les recommandations du consulat tchèque. Mais il jouissait d'une sorte d'immunité diplomatique, grâce à la réputation de sa lignée. Ses allées et venues n'étaient pas aussi contrôlées qu'elles auraient dû l'être. En même temps, Kovač ne faisait pas grand-chose de mal : il commerçait ce qu'il chassait, la plupart du temps. Il détenait un permis légal. J'ignore comment, mais il a trouvé le moyen de s'approvisionner en peyotl. Un Navajo de l'Ouest américain a su comment faire traverser la frontière à des graines de cette plante. Kovač n'a eu qu'à se façonner sa propre petite serre pour la faire pousser…

Je ne connaissais le peyotl que de réputation. Il était ceint d'une aura quasi mythique : c'était la matrice de la mescaline, un outil précieux pour les cérémonies chamaniques navajos et kiowas.

– Tu en as pris, toi aussi, ai-je dit à Sébastien. Et pourtant, tu te souviens de cette soirée…

Son regard s'est chargé de tristesse et de contrition.

– Tu l'as vu, toi…

Je me suis demandé de quoi il parlait, puis j'ai compris qu'il faisait référence au moment où j'avais révulsé les yeux pour obéir à Kovač. Sébastien a enchaîné :

– Kovač affirmait qu'en révulsant les yeux assez longtemps et avec assez de force et de conviction, on arrive à « voir le visage du Mal ». À le voir s'infiltrer en soi.

Il a marqué une pause, visiblement mal à l'aise.

– Tu ne te souviens *vraiment* de rien, Iris ?

J'ai secoué la tête. Des parcelles me revenaient, certes, et je comprenais à présent pourquoi le visage de Miki DiMaio m'était vaguement familier quand Sébastien m'avait montré sa dépouille. Mais le reste… Puis un débris du récit de Sébastien a piqué ma curiosité.

– Dolorès Cadette était là, elle aussi ?

– Oui.

J'ai médité sur les informations que Sébastien me léguait. Un magma se déversait dans mon esprit, un mélange de désolation et d'excitation. Je n'en étais plus à songer à ce livre que j'avais eu le projet d'écrire, mais plutôt à la nécessité impérieuse d'ordonner les événements qui avaient façonné mes trois dernières années. Un constat s'imposait.

La Faille avait été provoquée par l'article que j'avais écrit sur Pierre-Marc Proteau. Mais elle avait été élargie, approfondie par cette nuit passée dans le ventre de la forêt, à Stoneham. Elle avait permis au Mal de s'y infiltrer, et la cicatrice ne s'était jamais totalement refermée.

– Qu'est-ce que tu crois que ça signifie, tout ça ? ai-je demandé. Je veux dire… que j'aie participé à la cérémonie.

– Ta perception des événements a peut-être été affectée, Iris. Arrives-tu à te rappeler ce que tu as fait dans les jours qui ont suivi la cérémonie ?

J'avais beau me concentrer, je ne parvenais pas à cibler quoi que ce soit de précis. D'ailleurs, je ne me souvenais pas de mon retour chez moi. J'avais entrepris des séances de psychothérapie quelques semaines après cette soirée passée avec Sébastien… mais le reste était une nuée passablement floue.

– Iris…, a repris Sébastien, après qu'on a décroché le cadavre de Miki, je suis resté un moment sur la propriété de Kovač. J'ai réussi à ouvrir la trappe dans le sol.

Mon cœur s'est serré. Dans les secondes qui ont suivi, Sébastien l'a pulvérisé comme on égrène un caillou de grès.

– Il n'y avait personne dans le bunker, Iris. Rien. Aucune trace de sang nulle part. Le pentacle est bel et bien dessiné sur le mur, mais c'est le seul acte que Kovač a commis là-dedans, on dirait.

6

Sur la chaussée, les feuilles des arbres se pourchassaient comme en automne, déchues par les forts vents qui soufflaient des orages sur Québec ces jours-ci. Petite apocalypse de cœur d'été.

Je n'avais pas envie de revenir à la maison : il était évident que c'était le premier endroit que Barbe bleue ciblerait s'il avait l'intention de s'en prendre à moi. Mais ce que Sébastien venait de me révéler ne me laissait pas d'autre choix.

J'ai longtemps cru que j'étais quelqu'un de matérialiste. Comme un bon nombre de mes convictions des derniers jours, cette croyance s'est délitée quand je suis arrivée chez moi. Je tenais à *une* chose plus que tout – plus qu'à mon lit et à mes vêtements. Le dossier que j'avais monté sur Barbe bleue. Il était devenu évident que je n'écrirais pas ce livre, mais il me fallait clarifier une vérité.

Ces trois femmes assassinées par Simeón Kovač n'étaient pas un fantasme de ma part. Je les avais *vues, touchées, entendues.*

Il faut se méfier de ce qu'on voit là-bas.

Cette mise en garde que m'avait servie Sébastien plus tôt tournait en boucle dans mon esprit. Or je savais ce dont j'avais été témoin. Et le dossier était là pour le prouver : c'était un article qui m'avait mise sur la piste de ces trois cadavres, l'œuvre de Barbe bleue. Je savais chercher, fouiller le Web, quitte à recourir aux soubassements du Net qui restaient inconnus de la majorité. J'étais journaliste, bordel, pas Miss Monde : me mettre les mains dans la fange pour y récolter ce que d'autres avaient peur de dégoter, ça me connaissait. Et la plupart du temps, ça m'avait bien rétribuée.

J'ai allumé mon ordinateur et j'ai fini par retrouver cet article *underground* qui faisait mention des trois femmes assassinées par Barbe Bleue.

Trois corps et un meurtrier en fuite : le prince de l'exil

J'ai lancé l'impression : c'était le dernier geste que j'allais poser dans cet appartement avant de trouver un endroit où me réfugier.

Du moins, c'est ce que je croyais. Quelqu'un ou quelque chose entretenait d'autres intentions.

Un bruit sourd, étouffé, a fait vibrer les murs et le plafond. Il provenait de ma chambre à coucher, tout juste au-dessus de l'endroit où je me trouvais.

Oh shit, oh shit, oh shit…

J'ai figé, puis rapidement, je me suis raisonnée. *Secoue-toi, idiote ! Qu'est-ce que tu penses, qu'il suffit de rester immobile pour que la menace disparaisse ?*

Il m'avait repérée.

À nouveau, le bruit sourd a résonné dans le plafond.

J'allais le regretter, j'en étais persuadée, mais j'ai décidé d'aller voir.

Les enfants sentent au plus profond d'eux-mêmes la peur séculaire de descendre à la cave où se terrent les monstres les plus effroyables, croient-ils. Ce qu'ils ignorent, c'est qu'on est toujours plus avantagé d'affronter l'ennemi en descendant un escalier plutôt qu'en le montant. J'ai gravi les marches une à une, appliquant le moins de poids possible sur chacune d'elles, me faisant légère, même si mon âme s'était alourdie de terreurs nouvelles. Si Barbe bleue surgissait de ma chambre, il n'avait qu'à se précipiter sur moi. Trois secondes plus tard, je serais affalée au pied de l'escalier, les os réduits en miettes.

Et avant longtemps, il t'exposera comme les autres de ses trophées.

Comme les trois femmes dans le bunker.

Comme ces crânes d'enfants dans son chalet.

À mi-chemin dans l'escalier, j'ai perçu un grondement, un bruit conçu dans la peur. Je me suis précipitée : tout en haut de l'escalier était suspendu un cadre épais mettant en valeur un tableau de Billi Afidio – *Shades.* Je me l'étais offert l'année précédente, sans me douter qu'il allait un jour me servir d'arme de fortune.

J'ai atteint le tableau, je l'ai décroché, je l'ai brandi au-dessus de ma tête, puis j'ai fait irruption dans ma chambre.

Dans l'émoi de ce que j'y ai aperçu, j'ai perdu toute ma force et j'ai échappé le tableau sur le sol.

LUI – III

Quelques heures plus tôt : 13 juillet 2021, 23 h 31

La grand-mère de Tomaš Nemeč lisait l'avenir dans les feuilles de thé.

Tomaš, pour sa part, lit le présent dans le reflet déformé qui apparaît sur la cuiller qu'il vient de saisir pour remuer sa tisane. Derrière lui, un homme l'observe, immobile, dans sa cuisine. Et Tomaš le reconnaît sans avoir à se retourner.

– Jak se máš starý příteli ?[2]

Réflexe contemporain : Tomaš met la main à sa ceinture pour attraper son téléphone, mais c'est déjà un effort inutile. La main leste de l'intrus l'a saisi à la gorge et elle serre fort, même s'il y manque deux doigts. Le pied de Tomaš frappe l'homme à la cuisse, une fois, deux fois, mais c'est un geste aussi vain qu'une gifle sur un arbre. Le consul a toujours été frêle. Après trente secondes, sa gorge n'arrive plus à pomper d'air. Une pensée inopportune traverse son esprit embrouillé : il va mourir asphyxié, chez lui, en se préparant une tisane pour mieux dormir.

Tomaš voit l'image de son assaillant se troubler. Une certitude en lui le trouble tout autant : s'il est honnête, il doit reconnaître qu'il savait

2. « Comment ça va, vieil ami ? »

que Simeón Kovač allait se pointer. Du moment que Tomaš Nemeč a appris l'évasion, en après-midi, il a su que l'autre allait le pourchasser et l'atteindre.

Une fois son corps bien ramolli, Tomaš sent la vie le quitter. Puis au dernier moment, son assaillant le laisse tomber sur le plancher.

En même temps qu'une longue bouffée d'air, un constat s'insinue en Tomaš Nemeč.

Kovač n'en a pas fini avec lui.

• • •

Quand Tomaš Nemeč revient à lui, il y a tellement de sang sur le plancher qu'il ne reconnaît pas son propre environnement. Mais songer au nettoyage à venir devient vite le dernier de ses soucis. La douleur atroce qui lui gruge les pieds le fait grimacer puis hurler. Tomaš essaie de se lever, mais mettre du poids sur ses pieds le fait vite tourner de l'œil, tant le mal est insoutenable.

– C'est une jolie maison que tu as là, dit Simeón Kovač dans leur langue natale. C'est payant, le consulat. Les deux pantins qui devaient me surveiller, tu les payais de ta poche ?

La voix de Kovač résonne dans le sous-sol, pièce unique, sans divisions, froide et humide.

Tomaš maugrée, et chacun de ses mots le fait haleter comme s'il grimpait le Kilimandjaro.

– Espèce de salaud ! J'aurais dû leur dire de t'éliminer dès ton arrivée ! Au pays, ils n'ont pas eu assez de couilles pour te mettre au trou… J'aurais dû les autoriser à te tuer dès ton arrivée ! répète Tomaš.

– Les regrets sont mauvais, mon ami. J'ai longtemps regretté de ne pas m'être occupé de toi à Kladno. J'ai imaginé tant de manières de te tuer qu'on pourrait en faire un calendrier : une méthode par jour.

– Pourquoi, Simeón ? Pourquoi ? Qu'est-ce que je t'ai fait ? demande Tomaš en pleurnichant.

Kovač sourit. Même dans la pénombre, sa barbe drue jette des éclisses bleues sur le moindre coup d'œil.

– Parce que c'était possible, mon ami. Tu sais quel est le plus grand mensonge que l'humanité fait circuler depuis des siècles ? On dit que le Mal n'arrive pas sans qu'on l'appelle. Alors dis-moi, petit consul : l'as-tu appelé ? M'appelais-tu secrètement, le soir dans ton lit, quand tu désespérais de cette vie pauvre et pénible que t'offraient tes parents ?

Pour toute réponse, Tomaš gémit et hésite à se tenir les pieds. Ils sont si sanguinolents qu'il vient à peine de constater pourquoi : Barbe bleue lui a coupé tous les orteils. Même quand la douleur se sera dissipée, s'il ne se vide pas de son sang avant, Tomaš Nemeč ne réussira plus à se tenir debout sans perdre l'équilibre.

– Bien sûr que non, répond Kovač à la place du supplicié. Tu ne m'as jamais invité. Et pourtant, je suis toujours venu vers toi, petit souffre-douleur appétissant.

– Qu'est-ce que tu veux, Simeón ? L'immunité ? Tu l'as toujours eue. Qu'est-ce que tu veux de plus ?

– Une ballade.

• • •

Couché sur la banquette arrière, Tomaš Nemeč a le teint livide. Il n'aurait jamais cru que dix orteils coupés pouvaient lui faire perdre autant de sang. Il est engourdi jusqu'aux mollets, à présent, mais à voir comment Kovač le regarde, il n'est pas au bout de ses peines.

– On va faire une promenade. Mais j'aurai besoin que tu restes tranquille.

Kovač attrape Tomaš par les cheveux et lui tire la tête jusqu'à ce que l'autre puisse le dévisager. Les yeux exorbités, le dignitaire subit l'attente des prochains sévices qui lui seront infligés.

– Tu as fini de courir après moi, déclare Kovač.

Et c'est plus fort que Tomaš Nemeč. Ses yeux se révulsent, ses iris se perdent sous ses paupières. Puis un cri s'élève qui s'empare tout entier de son corps. Tremblant, il hurle à répétition, comme s'il enfonçait chaque fois une lame tranchante dans le silence de la nuit.

Quand Kovač laisse retomber la tête de Tomaš sur la banquette, il voit bien que son compatriote n'a pas fini d'être secoué de spasmes traumatiques.

Kovač met en marche la Lexus du consul. Une fois sur la route, il syntonise la radio. À l'heure qu'il est, les reportages attestant son évasion ont laissé place à la musique.

Sur la banquette arrière, les secousses dont Tomaš Nemeč est possédé donnent presque l'impression qu'il bat la musique. À un rythme d'enfer.

7

La chaise de bois était renversée sur le dos, mais, malgré tout, je pouvais reconnaître le corps qui y était ligoté.

– *Vous*?

Tomaš Nemeč était ligoté sur ma chaise de bureau, immobilisé par du fil barbelé qui mordait avidement sa chair. Son visage tuméfié le rendait presque méconnaissable. Les yeux enflés, il lui était pénible de me voir, et dans sa bouche, celui qui l'avait mis dans cet état avait enfoncé un tissu caractéristique, rouge. De la dentelle. J'ai regardé ma commode. J'ai vu le tiroir ouvert… Et j'ai compris que le consul était bâillonné avec ma lingerie fine.

Ses yeux affolés m'ont regardée, mais n'ont pas certifié me voir. Je lui ai retiré son bâillon, mais il était impensable de le libérer de ses entraves de métal.

– Qui vous a fait ça ? ai-je trouvé à dire.

Question stupide. Je connaissais la réponse. De toute façon, le consul semblait dans l'impossibilité de parler. J'ignorais ce que Barbe bleue lui avait infligé, mais Nemeč se balançait d'avant en arrière, comme si son esprit avait été ravagé. Un bout de papier dépassait de la poche de sa chemise.

«Mon ami Tomaš m'a exposé à toi dans mon intimité, Iris. Nous nous connaissons assez pour que je voie ton intimité, à mon tour.»

J'ai observé le consul. Il était très mal en point. En plus d'avoir ruiné sa raison, Barbe bleue lui avait mutilé les pieds. Ils étaient emmaillotés dans un amoncellement de tissu sanglant qui avait dégoutté sur le plancher.

— J'appelle la police…, ai-je dit.

C'est à ce moment que j'ai remarqué une inscription à l'endos du message de Barbe bleue.

Dix chiffres.

Le numéro de téléphone d'Isandra.

• • •

Quand elle a répondu, sa voix chevrotait.

— Iris…

— Izy! Dis-moi que tout va bien…

— Iris… écoute-moi… Il m'a demandé de te transmettre un message.

J'étais transie de peur. À mes côtés, Tomaš Nemeč avait l'air d'un zombie qui s'est lui-même bouffé la cervelle. Barbe bleue s'amusait à mes dépens : son évasion datait de vingt-quatre heures maintenant, et je comprenais pourquoi il n'était pas venu directement vers moi. Il errait en coulisses, tramait à mon insu des tractations conçues pour me nuire.

Isandra a cherché à se rasséréner. Elle s'est raclé la gorge puis a déclamé ce qui était sans doute un texte qu'on avait écrit pour elle.

— «Il va falloir choisir ta demeure, Iris. Ton choix influencera le cours des événements. Chez toi ou chez moi?»

Sur le coup, je n'ai rien compris de ce charabia que déclamait mon amie. Mon esprit tournait à pleine vitesse, épuisé par les devinettes et les jeux lugubres de Barbe bleue.

La voix d'Isandra a repris.

– « Tu ne peux... » Hésitation, puis sanglots. « Tu ne peux pas vivre à deux endroits à la fois, Iris. Ta maison ou ma maison. Décide... »

À nouveau, elle a flanché. Puis j'ai entendu un bruit sec qui m'a laissé anticiper le pire. Comme si on lui avait assené un coup.

– Izy ! ai-je crié. Est-ce que tu le vois ? Il est là, n'est-ce pas ? Il est avec toi ?

Une hésitation.

– J'ai un mal de gorge, m'a-t-elle lancé.

J'ai fermé les yeux, horrifiée. Elle récupérait un vieux code établi entre elle et moi, datant de nos années universitaires. On l'employait la plupart du temps au pub de l'Université Laval, lorsqu'un type se montrait trop entreprenant ou trop insistant. *Je crois qu'il va falloir qu'on y aille, j'ai un mal de gorge,* me disait Isandra, signifiant qu'il y avait un danger ou qu'il fallait se méfier.

– Tu... tu connais l'étymologie du mot « diable », Iris ? a repris la voix atone de mon amie. Il signifie « celui qui divise ». Une belle ironie, n'est-ce pas ?

Puis un déclic a indiqué qu'elle avait raccroché. J'ai tenté sur-le-champ de la rappeler. La sonnerie s'est entêtée, six, huit, dix fois.

J'ai examiné le consul comme si je le voyais pour la première fois. Il avait besoin d'être transporté à l'hôpital. Mon esprit n'arrivait pas à se focaliser sur une solution viable.

Appelle Sébastien.

Je suis passée en coup de vent à côté de Nemeč. Sur le sol, le tableau dont je m'étais armée plus tôt affichait des annotations différentes. Les lettres qui composaient le nom du peintre paraissaient avoir été permutées. Billi Afidio était devenu Fili Diaboli.

Fils du diable.

J'ai descendu l'escalier en trombe. En passant à côté de la table de la salle à manger, j'ai capté un détail anodin : quelque chose manquait sur la table.

Je suis sortie dans l'air humide de fin d'après-midi. Mes doigts ont maladroitement composé le numéro de Sébastien. Il a répondu après la première sonnerie.

– Iris ?

– Il est ici ! ai-je hurlé.

De l'autre côté de la rue, des passants ont tourné la tête.

– Quoi ? Tu…

– Barbe bleue, Sébastien ! Il a séquestré le consul Tomaš Nemeč. Il me demande l'impossible. C'est imp… je peux pas…

– Ralentis, Iris. On reprend depuis le début. Quelqu'un est avec toi ?

– Il l'a bâillonné en mon absence. Barbe bleue est entré chez moi… Il veut que je choisisse, Sébastien. C'est horrible, je vais…

Et pourtant, tu vas le faire. Ton choix est déjà fait, Iris.

Un fracas assourdissant a écorché la quiétude du quartier. J'ai tourné la tête à temps pour voir qu'une fenêtre de l'immeuble avait été pulvérisée. La masse lourde qui en était à l'origine achevait déjà sa chute. Le bruit qui a suivi dans la seconde m'accompagnera le reste de mes jours. Un mélange de craquements d'os, de souffle comprimé, de ballon qui éclate.

– Non ! ai-je hurlé en me ruant sur la masse désarticulée qui gisait sur l'asphalte. Je savais ce que c'était – je savais *qui* c'était –, et pourtant mes yeux tenaient à voir.

Tomaš Nemeč avait traversé la fenêtre pour s'écraser cinq mètres plus bas.

– Oh, mon Dieu ! *Oh mon Dieu !*

J'entendais dans ma main la voix de Sébastien qui criait à l'autre bout du fil.

Je me suis effondrée. Tomaš Nemeč était mort en ne faisant qu'un avec le siège auquel il avait été sanglé pendant des heures. Il n'avait pas hurlé : sa chute était résignée. Sous son corps s'agrandissait à présent une mare de sang qui l'éloignait définitivement de ce monde. L'homme qu'il avait été ne ressemblait plus qu'au résultat d'un crâne qui explose au contact de l'asphalte. Plus rien d'humain ne se dégageait de sa carcasse : il avait été chosifié au rang de simple enveloppe de chairs déchirées. La chaise, elle, était presque intacte, à l'exception d'une patte qui s'était fichée dans la cuisse du consul.

J'ai braillé du plus profond de mon être. Assise sur le trottoir, j'ai attendu que d'autres que moi alertent les secours. J'avais Sébastien à portée de main, littéralement, mais lui parler était au-dessus de mes forces.

Puis une idée terrifiante s'est insinuée dans mon esprit.

• • •

En l'espace de quinze minutes, le quartier au complet était ameuté autour de la dépouille de Nemeč. Quelqu'un avait eu la gentillesse d'appeler les secours à ma place.

Au détour d'une rue, j'ai vu Sébastien se pointer sur les lieux. Il s'est empressé de me prendre dans ses bras. J'aurais dû fondre en larmes une nouvelle fois, mais ça ne s'est pas produit. J'avais déjà pleuré tout mon soûl. J'étais plutôt obsédée par une idée effroyable.

Le fou qui avait agressé Nemeč était sans doute encore chez moi. Il s'était tapi dans l'ombre, à nos côtés… Il avait profité de ma sortie pour jeter le pauvre homme du haut des airs. Et il m'y attendait peut-être encore.

– Il faut envoyer tes collègues dans l'appartement…, ai-je dit.

– On va y aller, Iris. On va faire enquête… ça ne restera pas comme…

– Maintenant ! ai-je crié. Il est encore dans l'immeuble !

Sébastien s'est braqué, comprenant le sérieux de ma demande.

Il a attrapé son téléphone et réquisitionné des renforts. Dans la minute suivante, il travaillait à éloigner les badauds avec les policiers déjà présents sur la scène.

De la main, il m'a signifié de m'éloigner, moi aussi, mais c'était inutile. J'étais vouée à déserter cette scène dans l'immédiat. Sur l'afficheur de mon téléphone, le nom d'Isandra venait d'apparaître.

– Izy ! Est-ce que tout va bien ?

– Ça va mieux, maintenant. Tout va reprendre sa place.

Sa voix sonnait différemment, mais j'imagine que la mienne aurait été serrée, elle aussi, si on m'avait forcée à parler sous la menace.

– Est-ce que Tomaš va bien ? m'a-t-elle demandé.

– Quoi ?

– Ça va mieux, maintenant. Tout va reprendre sa place.

– Izy… ça va ?

J'observais à distance la scène où Nemeč avait été tué. Elle fourmillait d'acteurs impersonnels, des hommes et des femmes bien intentionnés, mais pour qui nettoyer la scène et noter ce qu'ils y décelaient n'était qu'une tâche. Certes, ils éprouvaient la violence du moment, mais c'était une violence objective, celle provoquée par un corps qui avait effectué une chute de cinq mètres, et que la brutalité de la chute avait métamorphosé en un amas de chair.

La voix d'Isandra s'est manifestée à nouveau.

– Est-ce que Tomaš va bien ?

Non. Et toi non plus.

C'était un enregistrement.

– Izy, si tu m'entends, écoute-moi bien : j'arrive. Je ne te laisserai pas seule.

Barbe bleue avait défenestré Tomaš Nemeč moins de vingt minutes auparavant, chez moi, dans le quartier Saint-Sacrement. Il était normalement inconcevable qu'il se soit déplacé jusque chez Isandra en aussi peu de temps.

Mais j'apprenais à mes dépens qu'en ce qui concernait Barbe bleue, la normalité n'existait pas.

8

L'autoroute Métropolitaine était étranglée par la circulation dense de fin de journée. J'ai dû louvoyer entre les voitures et essuyer les insultes klaxonnées par quelques conducteurs enragés.

Je me suis précipitée dans le logement d'Isandra. Aucun signe d'effraction, porte déverrouillée, musique rock en provenance du salon. Un vieux hit d'INXS parce qu'Isandra avait été folle de Michael Hutchence, à une autre époque.

– Izy ! ai-je lancé beaucoup trop fort.

Son appartement baignait dans la pénombre de la fin de journée. Une odeur de brûlé embaumait l'air, résidu olfactif d'une activité récente sur un rond de poêle, aurait-on dit.

– Isandra !

Dans l'entrebâillement de la porte de sa chambre à coucher, j'ai vu ses pieds. Elle était étendue sur son lit.

Isandra tournait le dos à la porte, recroquevillée en position fœtale. Un chuintement se diffusait à faible intensité dans la pièce, sifflement à peine perceptible. En m'approchant, j'ai constaté que c'était Isandra qui chuchotait. Ses paroles étaient inaudibles, mais elle susurrait sans arrêt, comme si elle priait ou s'adressait à un être qui aurait été lové contre elle.

— Izy..., ai-je murmuré.

J'ai posé la main sur son épaule et, comme si un transfert d'énergie immédiat s'était réalisé, mes pieds ont ressenti une chaleur. Une chaleur humide qui me léchait les orteils à travers mes sandales. J'allais regarder le sol quand la voix d'Isandra s'est élevée dans la pièce.

— Pourquoi t'es pas venue plus tôt, Iris ?

Sa voix était caverneuse, comme si elle me parvenait de loin.

— À la maison... il y avait...

Je caressais les cheveux d'Isandra, je voulais prendre soin d'elle. La chaleur humide que touchaient mes pieds s'est accentuée, au même moment où ma main caressait les cheveux d'Isandra devenus collants. Mon corps reconnaissait les signes depuis de longues secondes, mais mon cerveau refusait de croire ce qu'ils révélaient.

— Izy... Réponds, Izy ! Tourne-toi !

Je ne voulais pas regarder, mais je l'ai fait. Mes pieds trempaient dans une flaque pourpre qui rampait depuis le dessous du lit.

— Izy...

Je ne l'appelais plus, je la plaignais.

Elle a fini par se retourner, ou peut-être est-ce moi qui l'y ai forcée. Son corps s'est rabattu sur le dos et, à travers tout le sang qui lui composait un masque rouge, ses deux orbites étaient des cratères sombres et vides. Barbe bleue lui avait prélevé les yeux.

— Izy ! Mon Dieu !

J'ai regardé son cou. Une plaie béante exposait l'intérieur de sa gorge et avait imbibé le lit de son sang.

Je me suis mise à hyperventiler. Les morts s'accumulaient autour de moi comme si j'étais porteuse d'une malédiction.

Je me suis ruée à l'extérieur de sa chambre. Dans l'énervement, j'ai heurté un petit meuble disposé sous une des fenêtres de la cuisine. Un contenant de verre a chancelé puis s'est jeté au sol. J'ai couru jusqu'aux toilettes pour vomir, mais la bile s'est figée dans ma gorge quand j'ai aperçu ce qui était suspendu devant la fenêtre de la salle de bain.

Barbe bleue n'avait pas conservé les yeux d'Isandra. Il les avait accrochés comme on l'aurait fait d'un capteur de rêves, leur filage échevelé étant sans doute une partie des nerfs optiques, arrachés comme de vulgaires câbles électriques. Les bulbes sanguinolents avaient dégouliné sur le carrelage, puis avaient fini par s'étancher. En arrière-plan, le contour de la fenêtre était noirci, comme brûlé. Les globes oculaires ratatinés laissaient croire qu'on les avait brûlés au chalumeau.

Je sanglotais sans m'en rendre compte, incapable de sortir de ce lieu qui m'avait accueillie et protégée quelques jours auparavant, mais sachant aussi fort bien qu'il était hors de question de rester ici. En l'espace de quelques heures, Barbe bleue avait éliminé Tomaš Nemeč et ma meilleure amie. Qui restait-il sur sa liste ? Sébastien ?

J'ai essayé de l'appeler, en vain. Son téléphone me dirigeait chaque fois vers sa boîte vocale.

Nous allions tous y passer, j'en étais désormais persuadée. Pourquoi ?

Il allait me falloir encore quelques heures avant de le comprendre.

• • •

J'ai fini par me raisonner.

J'ai abandonné ma voiture dans le quartier Limoilou et me suis résolue à opter pour le transport en commun. Barbe bleue connaissait mes allées et venues, il épiait mes déplacements : il n'oserait pas s'en prendre à moi si j'étais noyée dans une mer de gens. Il me fallait la protection des endroits publics. La pandémie de COVID-19 avait battu son plein l'année précédente, mais les habitudes reprenaient lentement leurs droits. Quelques dizaines de personnes portaient encore un masque, et j'ai décidé que c'était sans doute une bonne idée d'en mettre un, moi aussi. Les temps avaient tellement changé en l'espace de quelques mois qu'il était rendu aussi naturel de transporter un masque sur soi que de disposer d'un stylo ou d'un portefeuille dans le sac à main.

Tu penses vraiment qu'il en faut si peu pour que je te perde de vue?

La voix m'a transpercée d'un frisson glacial.

Je me suis agrippée au poteau qui me permettait de rester debout. Tête baissée, j'essayais de passer inaperçue en profitant du mur que composaient deux hommes costauds à mes côtés. Mais les foules finissent par se disperser, les gens se posent quelque part pour se rassasier et dormir. Un fardeau s'est abattu sur mes épaules à l'idée que le soir approchait et que la nuit allait venir. Où allais-je me réfugier?

Le nom de Sébastien me revenait continuellement à l'esprit, mais c'était une option que je refusais d'envisager. *Je te dirais de venir chez moi, Iris, mais ce ne serait pas approprié,* m'avait-il confié au parc Victoria.

Ce serait carrément dangereux, ai-je compris.

Au terme d'un trajet qui a duré près d'une heure et demie, à cause des détours et des transferts, je suis descendue au Marriott Courtyard, sur la rue des Rocailles, une section excentrée de la ville. J'allais y établir mes quartiers.

Ta meilleure amie est morte.

Sébastien ne répond pas à tes appels.

J'élimine ton entourage.

Tu es la prochaine.

Il y a plus d'une journée que je cavale, et la police ne peut rien pour me rattraper.

Que feras-tu, petite Iris, pour échapper au méchant loup ?

Je me suis isolée dans une chambre au septième étage, après avoir payé pour une semaine complète. Au diable la vie extérieure, je pouvais acheter du temps en ces murs.

Mon premier réflexe était animal : j'ai voulu me nettoyer des horreurs dont j'avais été témoin, et tant qu'à y être installée à moyen terme, marquer mon territoire dans cette chambre. J'ai pris une douche chaude, mélangeant mes larmes au jet de l'eau courante.

L'effet immanquable s'est avéré : je suis sortie de la salle de bain presque ragaillardie. Puis je me suis secouée. Isandra méritait que je cesse de pleurnicher et que je prenne les choses en main. Il allait falloir préparer ses funérailles… Mais pas avant que Simeón Kovač soit de retour à l'ombre. Ou mieux – mort.

Un rire a déferlé dans mon esprit, à mi-chemin entre râle et grincement métallique, mais je ne sursautais plus aux interventions psychiques de cette voix que je savais être la sienne.

Sébastien a encore laissé son répondeur me dire qu'il n'était pas disponible pour le moment. Cette fois, j'ai parlé.

– Rappelle-moi, Sébastien, le plus vite possible. Il s'en est pris à Isandra. Il l'a tuée, elle aussi. Méfie-toi de lui.

J'allais raccrocher quand un dernier commentaire m'est venu en tête.

– Et dis à tes collègues de se grouiller le cul ! Kovač est un seul homme, pas une armée.

J'ai posé l'appareil et me suis efforcée de croire à ce que je venais de déclarer.

Puis mes yeux se sont posés sur la commode, sur laquelle traînait la clé magnétique qui déverrouillait ma chambre. Et j'ai compris ce qu'il y avait d'incongru sur ma table, quand je suis sortie en coup de vent de chez moi, lors de ma dernière visite.

La clé ouvrant la trappe du bunker de Barbe bleue. Elle avait disparu de chez moi.

• • •

À vingt et une heures, le jour grisonnait. Les points lumineux des lampadaires, tout en bas, dans les rues, jetaient une traînée de lumière qui allait se perdre dans la masse du centre-ville, là où proliféraient d'autres éclats lumineux, ceux du monde libre. Je me suis imaginé comment Simeón Kovač pouvait se sentir, du haut de sa tourelle à Baquard, à la fois captif, mais plus fort grâce à ce point de vue quasi omniscient sur le monde qui s'étalait tout en bas.

Je n'ai jamais été une femme passive. Je détestais être à la merci des initiatives que déployait la police pour retracer Barbe bleue. À l'heure qu'il était, des forces spéciales devaient parcourir les rues de la capitale et secouer tous les buissons de la région à la recherche d'un tueur en série qui resserrait son étau autour de moi.

Mais comment se faisait-il qu'il pouvait dissimuler ses faits et gestes au point d'avoir commis deux homicides en catimini ? Je n'étais pas sans savoir que les évadés cavalent peu de temps, que leurs déplacements se révèlent d'habitude assez prévisibles pour que la police les rattrape dans les heures qui suivent leur fuite.

Il y avait maintenant plus de trente heures que Barbe bleue avait déserté Baquard.

Je me suis installée au bureau qui meublait ma chambre. J'ai appelé le 911 pour envoyer une ambulance chez Isandra. J'ai menti : j'étais une voisine et j'avais entendu une altercation, trop effrayée pour entrer chez elle.

Harassée de remords, taraudée par un vif sentiment d'impuissance, j'ai récupéré l'article du *dark Web* que j'avais pu imprimer avant de quitter mon logis. Si Barbe bleue avait réussi à causer autant de ravages en si peu de temps sans se compromettre, il me semblait concevable qu'il ait pu tuer les trois femmes que j'avais vues dans son bunker et jeter suffisamment de poudre aux yeux pour que personne ne les trouve avant moi. Me plonger le nez dans cette affaire était encore mieux que d'attendre vainement dans cette chambre impersonnelle de banlieue.

Les dernières heures m'avaient prouvé que les tueurs organisés comme Kovač peuvent agir dans l'ombre longtemps avant qu'on les coince. *Comment a-t-il pu dissimuler les cadavres?*

Sébastien avait cherché au mauvais endroit. C'était la seule explication logique. On ne dissimule pas trois cadavres si aisément. Puis une autre idée saugrenue s'est insinuée dans mon esprit.

Barbe bleue les a donnés à manger à ses chats.

J'ai repensé à l'histoire que m'avait racontée Sébastien, au rituel glauque auquel j'avais participé et dont je ne gardais qu'un très vague souvenir. À cette dissidente qui avait tenté de déserter le sabbat. Kovač avait lancé ses chats à sa poursuite et ils l'avaient dévorée sous nos yeux brouillés par le peyotl.

Je me disais que l'éclairage de la dernière semaine pouvait me permettre de déceler dans l'article du *dark Web* des renseignements qui m'avaient peut-être échappé, lorsque j'en avais pris connaissance au moment de sa découverte.

J'avais raison à un point que je n'imaginais même pas.

• • •

Trois corps et un meurtrier en fuite : le prince de l'exil

On sait peu de choses de Simeón Kovač, et dans l'univers sanglant des tueurs en série, son nom fait rarement surface. Pourtant, Kovač mériterait sa place au panthéon des meurtriers récidivistes, et certains des rituels auxquels il s'est adonné pourraient figurer dans les romans les plus tordus.

Originaire de Bohême, Kovač recèle un passé troublé par des tribulations familiales que certains ont tenté de dissimuler. Ses parents l'ont renié, et il semble que l'essentiel de ce qu'aura cherché à réaliser celui à qui l'on a fait tort aura été de se venger d'avoir été déchu de cette riche lignée qui a fait fortune dans la noirceur des mines de charbon, en grands rois des choses souterraines.

Il est en effet venu à mes oreilles que l'immigration de Kovač au Québec aura culminé par l'assassinat de trois femmes que le tueur tchèque aura repérées à divers endroits du territoire. Pour des raisons obscures, les noms de Léonie Lalemant, Aglaé Simoneau et Coralie Beauregard restent impossibles à trouver dans les registres des personnes disparues sur le territoire québécois. Comme si, par une pudeur indicible, les membres des familles éplorées s'étaient résignés à oublier la proche qui leur a été enlevée… ou comme si les longs tentacules de la famille Kovač avaient réussi à manipuler jusqu'aux autorités canadiennes afin d'occulter les crimes commis par le mouton noir de la lignée. Car les crimes de Kovač pourraient damner tout un peuple.

Questionnées à propos des crimes commis par Kovač, les familles de Léonie, d'Aglaé et de Coralie ont ou bien réfuté les allégations, ou bien se sont montrées agressives. Pourquoi une telle coalition de silence? Car les cadavres ont bel et bien été vus.

Énucléation, décalottage de scalp, tranchage brutal de la gorge : telles sont les mutilations auxquelles auront été soumises les trois victimes. Enfouis dans la terre – ne disait-on pas que les Kovač sont les grands rois des choses souterraines? –, les corps auront sans doute été dissimulés aux regards, après avoir été soumis au culte de la plaie. Kovač les aura grimés de sa folie et plantés dans un décor aux tonalités cabalistiques. De quoi révulser les yeux du plus incrédule.

Maintenant, la question que se pose le lecteur : comment puis-je savoir tout cela? À cette question, je répondrai qu'il faut surtout savoir tendre l'oreille et reconnaître la voix de l'Arbre de Science lorsqu'elle se manifeste.

Léonie, Aglaé, Coralie... ne sont-ce pas là des noms des plus appropriés pour qui souhaite s'affranchir de ses entraves et laisser s'épanouir sur son front, comme un temple nouveau, le symbole de l'Antéchrist? En effet, le lecteur sera ravi d'apprendre que les armoiries de la famille Kovač sont représentées par un lion, un aigle et un corbeau. De là à corréler les prénoms des trois victimes à ces animaux, il n'y a qu'un pas à franchir.

J'étais incapable de détacher les yeux du texte, investie par un sentiment comparable à celui qui m'avait habitée lorsque, chez moi, j'avais été victime d'hallucinations en lisant le dossier du consulat tchèque.

Ce n'étaient pas des hallucinations, et tu sais pourquoi.

Mes yeux avaient enregistré, avec un éclairage nouveau, les informations distillées par l'article… mais parvenus à la fin, ils fixaient un élément qui m'avait échappé quand j'avais pris connaissance du texte pour la première fois. Et cet élément me terrifiait plus que tout ce que j'avais pu lire dans les lignes qui le précédaient.

Tout au bas de la page, en lettres discrètes et pâles, le nom de l'autrice de l'article, suivi de la date de publication.

Iris Tellier, 7 avril 2017

9

C'était impossible.

Et pourtant j'étais exposée au contraire.

Le 7 avril 2017, je me remettais de cette nuit de Walpurgis à laquelle m'avait conviée Sébastien. Je n'en avais gardé que des bribes confuses, et dans mon esprit était inscrit, depuis quatre ans, le fait indélogeable que le 5 avril avait creusé la Faille, qu'il marquait le début des pires journées de mon existence : dissociation familiale, rupture brusque de ma relation avec Isandra, rencontre de Sébastien, beuverie et débauche pour cautériser mes plaies... Puis le néant. Pendant des jours. Quand j'y repensais, je n'arrivais pas à cibler ne serait-ce qu'*un* événement ayant eu lieu dans les jours qui avaient suivi la nuit du sabbat. Raccompagnée par Sébastien, j'avais quitté la forêt de Stoneham dans un état second qui faisait en sorte que j'étais forcée de croire plusieurs des événements qu'il m'avait relatés plutôt que de me les rappeler avec précision.

Tu as révulsé les yeux.

Sébastien affirmait que je m'étais soumise à ce que Kovač réclamait : j'avais, semblait-il, révulsé mes yeux pour « voir le visage du Mal» à l'intérieur de moi-même. Une lubie d'illuminé, aurais-je affirmé si Isandra m'avait parlé d'une telle croyance! Mais nous avions vu Dolorès Cadette participer au sabbat, révulser ses yeux et s'animer d'une transe impressionnante. Miki DiMaio l'avait fait, lui aussi.

J'étais retournée chez moi après cette nuit-là. Sans doute. J'imagine.

J'avais cuvé mon vin; les effets du peyotl s'étaient estompés.

Mais pas les effets essentiels. Ceux-là sont inscrits en toi, maintenant. Il suffit de voir le visage du Mal une seule fois pour être marqué par son joug.

Je m'effrayais moi-même à force de céder à ce que je croyais.

Non : à force de comprendre ce que tu es, Iris.

J'ai remonté les lignes jusqu'à relire le passage où il était question de l'Arbre de Science. Le souvenir m'en est revenu : quand Sébastien avait raconté l'histoire de cette nuit de transition, il m'avait rapporté les paroles du Bouc – de Kovač lui-même. Kovač avait évoqué l'Arbre de Science.

J'ai appelé Google à mon aide, me raccrochant au moindre espoir d'élucider ce qui paraissait insondable.

La première entrée qui a émergé devant mes yeux m'a sidérée. Plusieurs éléments s'entrecroisaient.

Un poème de Baudelaire. «Les litanies de Satan».

J'y ai reconnu la supplique qu'avait prononcée le Bouc à la fin de la cérémonie, et telle que me l'avait rapportée Sébastien en me racontant cette nuit d'avril 2017 :

Gloire et louange à toi, Satan, dans les hauteurs
Du Ciel, où tu régnas, et dans les profondeurs
De l'Enfer, où, vaincu, tu rêves en silence!

Fais que mon âme un jour, sous l'Arbre de Science,
Près de toi se repose, à l'heure où sur ton front
Comme un Temple nouveau ses rameaux s'épandront !

J'entendais la voix de Barbe bleue réciter le texte, comme s'il se trouvait à mes côtés.

Pire encore : je reconnaissais, dans ce poème datant de près de deux cents ans, des expressions qui saillaient dans l'article *que j'avais écrit moi-même* au sujet des meurtres des trois femmes.

Ô toi, le plus savant et le plus beau des Anges,
Dieu trahi par le sort et privé de louanges,

Ô Satan, prends pitié de ma longue misère !

Ô ***Prince de l'exil, à qui l'on a fait tort,***
Et qui, vaincu, toujours te redresses plus fort,

Ô Satan, prends pitié de ma longue misère !

Toi qui sais tout, ***grand roi des choses souterraines,***
Guérisseur familier des angoisses humaines,

Ô Satan, prends pitié de ma longue misère !

Toi qui, même aux lépreux, aux parias maudits,
Enseignes par l'amour le goût du Paradis,

Ô Satan, prends pitié de ma longue misère !

Ô toi qui de la Mort, ta vieille et forte amante,
Engendras l'Espérance, – une folle charmante !

Ô Satan, prends pitié de ma longue misère !

Toi qui fais au proscrit ce regard calme et haut
Qui ***damne tout un peuple*** *autour d'un échafaud,*

Ô Satan, prends pitié de ma longue misère !

Toi qui sais en quels coins des terres envieuses
Le Dieu jaloux cacha les pierres précieuses,

Ô Satan, prends pitié de ma longue misère !

Toi dont l'œil clair connaît les profonds arsenaux
Où dort enseveli le peuple des métaux,

Ô Satan, prends pitié de ma longue misère !

Toi dont la large main cache les précipices

Au somnambule errant au bord des édifices,
Ô Satan, prends pitié de ma longue misère !

Toi qui, magiquement, assouplis les vieux os
De l'ivrogne attardé foulé par les chevaux,
Ô Satan, prends pitié de ma longue misère !

Toi qui, pour consoler l'homme frêle qui souffre,

Nous appris à mêler le salpêtre et le soufre,

Ô Satan, prends pitié de ma longue misère !

Toi qui poses ta marque, ô complice subtil,
Sur le front du Crésus impitoyable et vil,

Ô Satan, prends pitié de ma longue misère !

Toi qui mets dans les yeux et dans le cœur des filles
***Le culte de la plaie** et l'amour des guenilles [...]*

J'ai vacillé, en proie à des étourdissements. Autour de moi, la chambre a paru tanguer à la manière d'un navire en pleine tempête. Ainsi, je m'étais *moi-même* induite en erreur ? J'avais inventé de toute pièce cette histoire afin de rencontrer Barbe bleue et de préparer l'écriture de ce livre à son sujet ?

Pourquoi, alors, avais-je vu les cadavres dans le bunker ?

Il faut se méfier de ce qu'on voit là-bas, Iris. Les mots de Sébastien émergeaient du néant.

La propriété de Barbe bleue était empreinte d'un effet néfaste, me suis-je dit. Quiconque s'y aventurait s'exposait à des visions... C'était ce qui m'était arrivé.

La clé est dans la tête.

Un mantra, qui refaisait périodiquement surface, qu'une des victimes avait répété quand j'avais exploré le bunker : *La clé est dans la tête.* C'est-à-dire : *apprends à lire ce qui traverse ton esprit, Iris.*

Voilà. Ce ne pouvait qu'être l'explication – une explication qu'aucun juge n'accepterait, qu'aucun psychiatre ne reconnaîtrait comme valide et rationnelle.

J'ai filé à la salle de bain pour m'humecter le visage. La climatisation rafraîchissait la pièce, mais le cumul de mes tourments m'injectait des doses d'adrénaline renouvelées tous les quarts d'heure.

Pourquoi avais-je le sentiment que là où il se trouvait, Barbe bleue s'amusait ferme de me savoir aussi troublée ?

J'allais sortir de la salle de bain de ma chambre d'hôtel quand je me suis arrêtée, hypnotisée par la blancheur du mur. Puis, machinalement, j'ai levé la main et, avec l'ongle de mon index, j'ai tracé dans le gypse une première ligne, puis une autre, et d'autres encore. Malgré moi. Au bout d'un moment, je suis revenue à moi, comme si j'avais été prise d'une absence temporaire.

Gravé dans le gypse, un pentacle vandalisait le mur. Copie presque conforme de celui dont Barbe bleue avait décoré le mur de son bunker. Ses lignes étaient malhabiles, creusées dans le mur par mes propres ongles.

J'ai combattu les étourdissements et suis sortie de la salle de bain. Je posais la main sur la poignée pour fuir ma chambre quand un constat terrible m'a éclaboussé l'esprit.

Il sait où tu es. Toujours, il a une longueur d'avance parce qu'il sait *où tu es.*

En toi.

Je ne pouvais plus nier ce que je ressentais. Ce que j'entendais non plus.

En toi.

Je me suis tournée vers la grande fenêtre.

Je ne sais pas si l'idée qui m'est venue ensuite était la mienne ou la sienne.

• • •

J'ai entrebâillé la porte de la chambre. De l'autre côté, l'étage semblait paisible. La rangée de plafonniers lançait un trait de lumière d'un bout à l'autre du corridor. L'effet de perspective à la Stanley Kubrick a contribué à mon malaise et je me suis sentie vaciller, encore une fois.

J'ai fermé les yeux, inspiré longuement, puis me suis résolue à m'élancer.

C'est un tout petit corridor, Iris. Douze mètres, maximum.

Un bruit sourd, sur la gauche, m'a déconcentrée. Un bruit de chute, amorti par le plancher.

N'y va pas.

Je n'arrivais plus à déterminer à qui appartenait cette voix que j'entendais : était-elle à moi ou à Kovač ?

Tu vas finir internée, toi aussi. Bonne pour Baquard.

Le bruit d'effondrement trouvait sa source, sur la gauche, passé l'angle à quatre-vingt-dix degrés qu'adoptait le corridor. Si j'étirais la tête, juste un peu, à peine le bout du nez, je pouvais voir ce qui s'était passé.

Et trouver un corps affalé contre le mur.

Sébastien Hade.

Une plaie barbouillait son front de sang frais.

— Sébastien ! Est-ce que ça va ?

Il remuait, mais les signes étaient évidents : on l'avait suffisamment assommé pour le mettre hors d'état de nuire.

Barbe bleue.

Quelque chose derrière moi m'a intimé de me retourner. Il n'y avait rien, mais j'avais senti du mouvement. Une présence.

Lui.

Bien entendu. Il savait que j'étais ici, comme il devinait chacun de mes déplacements.

Sébastien revenait progressivement à lui.

– Iris…, a-t-il articulé. Il… Il faut s'en aller.

Sa voix râpeuse revenait de loin.

Et comment qu'il faut que je m'en aille !

Mes dernières onces de doute m'ont quittée. J'ai tourné le coin, avisé la fenêtre du fond, apparemment moins épaisse que celle de la fenêtre de ma chambre. Et j'ai pris mon élan. Douze mètres, dix mètres, huit mètres…

• • •

Je n'ai pas de souvenirs des minutes qui ont suivi le fracas. Je me rappelle une douleur diffuse, qui irradiait partout dans mon corps. Quand j'ai ouvert les yeux, quatre ou cinq personnes m'entouraient, dont Sébastien, qui s'était agenouillé à mon chevet comme je l'avais fait pour lui, un peu plus tôt. Sa blessure frontale, assez vilaine, ouvrait un croissant rouge au-dessus de son sourcil.

– Comment tu te sens, Iris ?

– Encore trop bien pour lui…

– Mais qu'est-ce qui s'est passé ?

Sébastien le savait très bien. Ce qu'il voulait savoir, c'était *à quoi j'avais pensé.*

Des éclats de verre sortaient de la peau de mes bras, formant comme une crête acérée. La douleur me vrillait le crâne, j'étais plus étourdie encore qu'avant de sauter, mais néanmoins assez lucide pour comprendre que j'avais échoué.

J'étais étendue sur le plancher du corridor. Mon corps avait pulvérisé la vitre, mais avait été retenu à l'intérieur de l'hôtel.

– Tu es restée accrochée à la vitre par un bout de vêtement. Je t'ai rattrapée de justesse, m'a expliqué Sébastien, voyant que je ne saisissais pas ce qui était arrivé.

– L'avenir nous montrera probablement que c'était une erreur…, ai-je riposté.

Une femme que je n'avais jamais vue, assez âgée, était munie de son téléphone. Sans doute une cliente que mes frasques avaient dérangée.

– J'appelle l'ambulance…, a-t-elle dit.

– Pas question, je vais bien ! me suis-je rebutée.

La dame a voulu protester, et je pouvais la comprendre. Qu'est-ce qui lui garantissait que je ne reproduirais pas la même tentative en plein cœur de la nuit ? Sébastien l'a amenée à l'écart, et je l'entendais lui expliquer qu'il me connaissait, que je vivais une sale journée, et quoi d'autre encore.

Un jour, je penserai au moment où j'ai su qu'on avait franchi un nouvel échelon, je songerai à l'instant précis où j'ai su que Kovač détenait une emprise sur moi. Et ce seront les minutes qui ont suivi qui me viendront à l'esprit.

Tandis que Sébastien parlementait avec la cliente et qu'un employé de l'hôtel s'était joint à leur discussion, j'ai levé la tête, résolue à me remettre sur mes pieds. J'ai fixé le mur pour retrouver pleinement mes sens. Puis, dans un effet de transposition inexplicable, au lieu de voir le mur et le tableau générique qui y était accroché, mes yeux m'ont offert un angle inusité. Impossible. En contre-plongée, comme si je me trouvais dans la cage d'escalier tout juste à côté, je me voyais moi-même, assise dans le couloir, fixant le mur. Comme si j'étais sortie de mon propre corps. Et il y avait du sang partout.

Kovač me montre ce qu'il voit quand il m'observe.

Je te vois, Iris.

J'ai sauté sur mes pieds, affolée. Alerté par mon mouvement brusque, Sébastien a délaissé les badauds qui décidaient de mon sort à mon insu et il est revenu m'assister.

– Hé, attention, Iris ! Tu es probablement commotionnée…

– Il est là, Sébastien… Dans l'escalier, ai-je fait en pointant la cage d'escalier qui jouxtait l'extrémité du corridor où j'avais essayé de me défenestrer.

Sébastien a adressé un signe de tête à la ronde, question de rassurer les mines patibulaires qui me toisaient.

– Vous pouvez retourner à vos occupations. Je me charge d'elle.

Nous sommes passés à ma chambre, le temps de rapailler mes effets personnels. Sébastien n'a rien dit, se contentant de me garder à l'œil. Une fois dans sa voiture, j'ai brisé le silence.

– Tu ne me ramènes pas chez moi, Sébastien. C'est hors de question.

– Je t'amène là où j'aurais dû t'amener bien avant.

• • •

Chez lui, à Lac-Saint-Charles, dans une banlieue si reculée de la ville que j'aurais presque pu croire à la sérénité, une fois que nous avons été engagés dans sa rue : une petite artère rurale à l'asphalte épargné par la rareté des véhicules qui y circulaient. Des maisons construites dans les années 1950 encadraient la vue que j'avais des montagnes.

Presque la paix d'esprit.

– Tu pourras t'installer tranquille, a échappé Sébastien.

On aurait dit qu'il avait passé tout le trajet à penser à la façon idéale de m'inviter à emménager chez lui sans que cela change quoi que ce soit au statut non officiel de notre relation. J'étais à des lieues de telles considérations. Un constat, froid et aussi violent qu'un couperet, m'accaparait.

– Il sait où je suis, Sébastien. Tout le temps. Kovač est capable de me pister.

Il m'a regardée à la dérobée.

– Comme si tu portais un GPS, tu veux dire?

La question le gênait, et je prenais la mesure de l'absurdité de ce que j'affirmais, moi aussi.

– C'est pour ça que tu as essayé de te tuer, Iris? Là-bas, à l'hôtel, tu as voulu... «éteindre le GPS»?

J'ai senti les larmes me picoter les yeux. Il y avait une heure au moins que j'avais tenté de traverser cette fenêtre sans me demander où je risquais de m'écraser. Je n'avais pas envie de mourir, mais Simeón Kovač lisait en moi, sa présence dans mon crâne se faisait de plus en plus insistante. Me sacrifier m'était apparu comme le moyen de faire taire cette voix dans mon crâne, qui était devenue la sienne; de court-circuiter cette prise de possession de ma personne entière.

Mais j'en avais assez de larmoyer. J'ai refoulé les sanglots.

– Tu as un plan? ai-je demandé à Sébastien.

– On peut dire ça, oui.

10

Il a mis la bouilloire à chauffer sur le rond de poêle et il est monté dans son bureau pour me laisser un peu d'intimité. J'avais besoin de laisser décanter cette journée passée sur les chapeaux de roues. L'adrénaline m'avait maintenue à flot, mais à présent que je trouvais un peu de quiétude et de sécurité chez Sébastien, la tristesse remontait à la surface. Isandra avait payé pour mes velléités carriéristes, pour mon imprudence et mon insouciance. Je ne me le pardonnerais jamais.

J'ai retiré mes chaussures, me suis affalée dans le sofa. Sentir la présence de Sébastien dans le même lieu que moi était rassurant. Pour un peu, je me serais presque vue cohabiter avec lui plus d'une soirée. J'avais besoin que quelqu'un me veuille du bien.

En l'espace d'une semaine, j'étais passée d'écrivaine audacieuse et fonceuse à cible d'un tueur en série. Barbe bleue ne recelait plus rien de théorique pour moi – il me fallait courir pour sauver ma peau. Une semaine auparavant, j'avais tendu la main à travers les barreaux d'une cage pour nourrir un animal. Il m'avait bouffé la main et réclamait à présent le reste de ma carcasse.

J'avais *tendu la main.*

L'image m'a frappée. Puis une autre, qui est revenue comme un mantra.

La clé est dans la tête.

Avant de partir de chez moi, j'avais remarqué que la clé d'accès au bunker n'était plus sur ma table.

La clé est dans la tête.

Se pouvait-il que…

J'ai passé en revue les événements de ma dernière visite à Baquard. Barbe bleue m'avait ensorcelée, au point que j'avais défait mes cheveux, en proie à un désir ardent.

La clé est dans la tête.

Mon Dieu !

J'étais responsable de son évasion, des corps qu'il avait dû faire tomber sur le chemin de sa fuite.

À l'hôtel, j'avais récupéré mes notes – mon seul bagage. Je les ai attrapées avec dédain, les ai fichues à la poubelle : elles ne servaient plus à rien. Puis, peut-être parce que rien n'arrive sans raison, la gueule de la poubelle est restée ouverte sur le mystérieux pentacle de Kovač, que j'avais reproduit sur une des pages de mon dossier.

Et j'ai été inondée d'une nouvelle vague de compréhension qui a failli me submerger tout entière et me jeter au plancher.

J'ai dû m'asseoir. Considérer ce que pouvait impliquer ce que je venais de saisir.

J'étais le cinquième élément. Comment avais-je pu ne pas le concevoir plus tôt ?

Kovač avait tué pour remplir les cases de son pentacle. Jérôme Vergès représentait le Vide. Miki DiMaio avait été manipulé jusqu'au suicide pour figurer les Cieux. La cécité d'Anne

Cadette n'était pas vaine : Kovač s'était assuré qu'elle vive dans l'Obscurité. *J'ai été chanceuse,* m'avait-elle confié. *J'étais sur le sol, à sa merci, et il m'a laissé m'enfuir.* Les yeux d'Isandra, brûlés au chalumeau, avaient été annihilés par la Lumière.

Ne restait qu'une étape à franchir. L'Esprit.

Et c'est ici que j'intervenais. Barbe bleue se manifestait dans mon esprit, il communiquait avec moi. Une heure plus tôt, à l'hôtel, j'avais *vu à travers ses propres yeux*! Je m'étais vue, assise sur le sol, abasourdie, comme si on m'avait extirpée de mon enveloppe charnelle. Baignant dans tout le sang versé par Barbe bleue.

Il m'avait *prêté ses yeux,* le temps de me faire voir le monde à travers son regard.

La clé est dans la tête.

La clé, l'élément manquant de son plan, c'était moi. Il lui avait fallu s'insinuer dans mon esprit, en prendre le contrôle. Il l'avait fait. J'en venais à présent à me demander jusqu'à quel point j'avais choisi délibérément d'aller le rencontrer à Baquard. J'ai repensé à la nuit du sabbat… et à l'article que j'avais écrit, deux jours plus tard, sur les trois victimes alléguées de Barbe bleue… J'avais agi comme en transe, je ne gardais aucun souvenir d'avoir écrit ce texte, encore moins de l'avoir publié dans les soubassements d'Internet. *L'arc-en-ciel messager,* le blogue qui hébergeait mon article… Les fils se connectaient les uns après les autres. Ma mère m'avait appelée Iris parce qu'elle aimait la fleur… Comment avais-je pu ignorer ce détail ? En botanique, l'iris était un hommage à Iridos, la messagère des dieux, dans la mythologie grecque. Iridos, la personnification de l'arc-en-ciel.

Barbe bleue s'était immiscé en moi, comme un virus, comme une maladie. Il me faisait agir *à sa guise.* J'étais son porte-voix.

Et pour parachever sa sinistre entreprise, il allait devoir me tuer comme les quatre autres. Coûte que coûte. Même si cela signifiait qu'il lui fallait éliminer tous ceux qui souhaitaient me protéger.

Incluant Sébastien.

Je me suis ruée dans l'escalier. Depuis qu'il était monté dans son bureau, Sébastien était silencieux. Bien sûr, il se pouvait qu'il soit affairé à un dossier, que je le trouve en train de parcourir des notes, de pianoter sur son clavier. Il allait me voir surgir, paniquée, et se moquer de mes inquiétudes.

Mon instinct m'incitait à ne pas croire à cette option. Barbe bleue rôdait, là, dans mon sillon, et quiconque gravitait autour de moi coudoyait le danger.

– Sébastien ! l'ai-je hélé.

La porte qui faisait face à l'escalier était fermée. L'interstice, tout au bas de la porte, laissait voir une ombre qui se mouvait sur le plancher. *Il est là. Il est encore là, et je m'apprête à le déranger comme une idiote. J'aurai l'air de ces femmes dépendantes des autres qui m'ont toujours répugnée, qui ont besoin d'un homme pour les protéger, qui sont incapables de rester seules un long moment.*

J'ai frappé discrètement. Aucune réponse.

– Sébastien ? Tu es bien là ?

Ridicule. Iris, tu es ridicule. Iridicule.

De l'autre côté de la porte, un son étouffé a retenti. Le bruit d'un corps qui s'effondre sur le plancher.

J'ai ouvert à la hâte. À nouveau, une injection d'adrénaline me gardait sur le qui-vive. J'étais si fatiguée que j'ai été prise d'une nausée, alerte que m'envoyait mon corps pour m'indiquer qu'il était temps que ce branle-bas prenne fin, qu'il me faudrait avant longtemps m'étendre.

Dans un cercueil.

C'était sa voix... Kovač. Je l'aurais reconnue entre mille. Il m'accompagnait à présent comme le *dark passenger* de Dexter Morgan.

– Sébastien ! Est-ce que ça va ?

Il était impossible que Sébastien me réponde. Il aurait fallu qu'il se trouve dans la pièce. Or son bureau était désert. J'avais pourtant perçu une ombre qui se profilait sous la porte, une minute auparavant...

– Sébastien...

Une sensation de froid rampait sur ma peau, l'impression d'être sous le joug d'une entité qui contrôlait mes allées et venues. *Jusqu'à quel point suis-je montée dans ce bureau par mon propre choix ?*

Sur la gauche, une porte était entrouverte. Une penderie, sans doute. *N'y va pas, n'y va pas,* me sommais-je, mais c'était plus fort que moi. Kovač avait peut-être investi cette maison, il s'était peut-être débarrassé de Sébastien. *Le mouvement sous la porte... il était dû à ses déplacements, sans doute. Le glissement d'ombre de celui qui ne possède plus rien d'humain.*

Une semaine plus tôt, j'aurais accusé de démence quiconque aurait fait preuve d'un tel raisonnement. Depuis, j'avais accumulé les preuves de l'inhumanité de Barbe bleue. Les notions de réalité et d'irréalité se confondaient, le sol sur lequel je marchais se dérobait sous mes pas, jour après jour. Que restait-il de l'Iris Tellier que j'avais été ?

Mes jambes m'ont transportée jusqu'à la penderie. Quand je me suis arrêtée devant la porte, un déclic s'est produit.

La lumière s'est éteinte. Je me suis retournée brusquement pour constater que la maison se drapait désormais d'une noirceur totale. *Il s'est rendu à la boîte électrique,* ai-je compris. *Il s'est approprié le contrôle des disjoncteurs.*

Par réflexe, j'ai attrapé mon téléphone puis j'ai activé la lampe de poche. Le faisceau de lumière blafarde a effleuré la porte de la penderie. *Sauve-toi, Iris,* m'ordonnais-je, mais mon corps résistait : je *devais* savoir.

– Sébastien? ai-je péniblement articulé, étirant les syllabes.

Ma main a ouvert la porte. Le faible halo de lumière a caressé l'intérieur de la penderie, n'y trouvant que deux ou trois vestons suspendus et des piles de documents s'élevant du sol. Le soulagement de ne rien y découvrir de significatif m'a fait reculer et refermer la porte. J'allais sortir d'ici, et pour ce faire, il me fallait me retourner. Mon éclairage de fortune a suivi le mouvement, longeant le mur jusqu'à s'arrêter sur une vision incongrue, tout juste à côté de la porte par laquelle j'étais entrée.

Un visage, plus pâle que la peur elle-même, semé d'yeux écarquillés, figés dans l'horreur. La bouche était ouverte de guingois, immobilisée ainsi par la rigidité cadavérique.

Un sursaut a projeté mon téléphone sur le plancher. Et avant que je puisse me pencher pour le récupérer, j'étais sollicitée par une autre tâche : retenir le corps que surmontait ce visage épouvanté. Il s'était affalé sur moi, désarticulé. Le visage boursouflé et livide était appuyé sur mon épaule. Si elle avait respiré, la femme qui s'était jetée sur moi m'aurait soufflé son haleine sur la joue. Mais elle ne respirait plus. Et dans le lent traitement des informations qui étaient parvenues à mon intellect, j'ai reconnu la morte.

C'était Anne Cadette, la pauvre aveugle que j'avais rencontrée quelques jours auparavant. Que faisait-elle chez Sébastien Hade?

Certains automatismes sont inscrits en nous de façon indélébile. J'avais attrapé le cadavre, je le retenais comme si je pouvais encore lui venir en aide. C'était une femme morte. Une victime supplémentaire de Simeón Kovač. Bientôt, mes vêtements se sont imbibés d'une matière visqueuse – le jus de mort du cadavre.

J'ai laissé tomber la dépouille qui s'est écrasée au sol dans un bruit sourd – identique à celui qui m'avait alertée quelques minutes auparavant. À tâtons, j'ai cherché mon appareil. Ma main s'est posée sur celle d'Anne – une fois, puis une autre –, jusqu'à enfin reconnaître la texture rassurante de mon téléphone.

J'avais peut-être encore le temps de filer.

• • •

Les émissions discrètes de la lumière lunaire arrosaient la maison de Sébastien d'une clarté si faible que je distinguais à peine les marches de l'escalier. J'étais aux prises avec le besoin de me hâter et la nécessité de ménager mon empressement : m'affaler au pied de l'escalier, le cou rompu, ne m'avancerait à rien.

Mais tu contrecarrerais les plans de Kovač.

Non. Je n'y croyais plus. Kovač me voulait vivante. Une croyance étrange s'était insinuée dans mon esprit : peu importe ce que je ferais pour échapper à cet état nouveau de servitude, Kovač ne me laisserait pas lui faire faux bond si facilement. Mes réflexes cyniques ont pris le dessus : si Sébastien ne m'avait pas empêchée de me défenestrer, au Marriott, qu'est-ce qui garantissait que je n'aurais pas survécu à mes blessures, à cette horrible chute de sept étages ? Barbe bleue aurait sans doute pris plaisir à contrôler une estropiée à qui il ne reste que son âme à manipuler.

De retour à la cuisine, j'ai hélé Sébastien. Toujours aucune réponse. Que lui était-il arrivé? *Sauve-toi, Iris,* m'entendais-je réfléchir, ou peut-être était-ce encore Kovač qui s'amusait.

Cours, que je te rattrape. Amusons-nous, tu veux bien?

Un haut-le-cœur venu de nulle part m'a forcée à chercher la salle de bain. Une porte, sur ma droite, près de la table. Je l'ai ouverte à la volée. Erreur : un placard. Profond. Assez pour dissimuler un objet dont la découverte m'a paralysée.

Une tête de bouc, striée de sang séché. Celle portée lors du sabbat. Que faisait-elle ici?

– Ça va, Iris?

Je me suis retournée si vivement que j'en ai vacillé. L'obscurité quasi totale bousculait mes repères. Une fine lamelle de clarté lunaire frappait la table de la cuisine.

– Iris, tu vas bien?

La voix de Sébastien montait dans la pièce, mais je ne le voyais pas.

– Montre-toi, Sébastien!

Ma voix avait flanché, je n'avais pas réussi à en contrôler l'intonation. Un pressentiment désagréable m'habitait désormais : était-ce Sébastien qui avait disjoncté l'éclairage de la maison pour compliquer mes déplacements? J'étais hantée par la découverte de la tête de bouc dans le placard… Et si c'était…

– Iris…

Un sifflement ophidien, l'accentuation du *s,* presque moqueuse. Il jouait avec moi.

– Amusons-nous, Iris…

– Sébastien, arrête de déconner! Montre-toi!

Je me suis raisonnée : que pouvait-il me faire? Kovač me voulait vivante, il ne laisserait jamais Sébastien Hade me faire du mal.

Et voilà que Barbe bleue est devenu ton sauveur, a raillé une voix dans mon esprit, peut-être la mienne.

– Iris?

La voix s'était rapprochée. Sous mes pieds nus, le plancher de céramique était froid. Je glissais dessus comme une ballerine en quête d'équilibre. Tendus devant moi, mes bras devenaient des antennes impuissantes. Un de mes doigts a effleuré quelque chose – un morceau de tissu, semblait-il –, mais l'instant d'après, la chose s'était dérobée au toucher. Puis mes pieds ont avancé sur un emplacement du plancher plus chaud que les autres tuiles.

Il se tenait ici, ai-je compris. *Il s'est déplacé pour mieux se jouer de moi. Mais il est là, il me regarde, il me perçoit tout près de lui.*

«*Je te vois*», me suis-je rappelé. Kovač, toujours : dans l'ombre, en moi.

Mes mains ont tâté une porte, sur ma gauche. Je l'ai ouverte. Était-ce une bonne idée de me réfugier dans une autre pièce? Quiconque me traquait – Barbe bleue, Sébastien, ou même les deux – éprouvait-il la même difficulté que moi à se mouvoir dans le noir? Un frisson m'a secouée et, par réflexe, j'ai claqué la porte derrière moi.

D'une main aveugle, j'ai tâté le mur, puis la pièce au hasard. J'ai senti la fraîcheur de porcelaine de la baignoire, à mes pieds : j'étais dans la salle de bain. Dans l'effort nécessaire pour me redresser, ma main a glissé et j'ai constaté que la baignoire était remplie d'eau. Ma main s'est posée sur une substance gélatineuse. J'ai fermé les yeux : c'était ridicule, puisque la noirceur m'empêchait déjà de voir, mais j'anticipais le pire. J'ai hésité, puis j'ai appelé mon téléphone à la rescousse : pendant mon parcours hasardeux dans la maison, je m'étais abstenue de m'en servir pour que sa luminosité n'indique pas ma position à mon prédateur. Mais ici, il me fallait voir.

Le faible faisceau de lumière a illuminé le faciès épouvanté d'un macchabée que l'eau croupie de la baignoire ne recouvrait pas entièrement. Un cri aigu m'a vidé les poumons. Ce visage… déformé par une peur viscérale… les traits encore perceptibles, même sous la dégradation provoquée par l'eau et les heures.

Julien Courval, le directeur de Baquard. Depuis combien de temps était-il ici ?

– Iris ?

À nouveau, la voix de Sébastien. De l'autre côté de la porte.

– Iris ? Ouvre-moi, je t'en prie. Ça va aller. C'est une panne. Tu permets que j'ouvre la porte ?

J'étais horrifiée par la découverte du cadavre dans la baignoire. Qui était Sébastien Hade ? Et qu'est-ce que je faisais chez lui ? J'ai promené le halo de lumière jusqu'à découvrir une petite fenêtre, trop haute et trop petite pour me permettre de me glisser dehors.

– Allez, Iris. On arrête de jouer, OK ?

Jouer ?

En y pensant, je me disais que Barbe bleue ne pouvait pas avoir tué, en un si court laps de temps et sans aide, trois personnes après les avoir kidnappées dans des lieux aussi éloignés les uns des autres : Julien Courval à l'île d'Orléans, Anne Cadette à Val-Bélair, Tomaš Nemeč quelque part en ville… Il lui avait fallu de l'aide. Un complice.

J'ai ouvert la porte à la volée.

Sébastien n'était pas de l'autre côté de la porte.

C'était Simeón Kovač.

La lumière de mon appareil a éclairé le sourire qui tordait sa bouche, dissimulée dans la broussaille de sa barbe. Auréolée de lumière blanche, sa tête paraissait flotter, détachée de son corps, dans l'océan noir qui inondait la maison. Les yeux de Barbe bleue étaient parcourus de veinules tirées comme des pattes d'arachnide, et le blanc de ses sclères trouait la nuit, accentué par mon éclairage.

J'ai hurlé, tentant d'alerter les voisins, mais je n'étais pas dupe. Les hommes comme Kovač sont organisés. Si Sébastien Hade était de mèche avec lui, ils pouvaient bien avoir fait taire le voisinage.

Je n'ai pas réfléchi : j'ai foncé. Mon pied s'est élancé en avant, atteignant Barbe bleue dans les couilles. J'ai profité de sa surprise pour me faufiler entre lui et l'encadrement de la porte. Mon épaule a effleuré sa tête, et j'en ai ressenti une décharge presque électrique.

Sa voix se répercutait dans mon crâne. Je refusais de l'écouter.

On est liés, Iris. Liés. Tu finiras par le comprendre.

J'ai louvoyé au hasard, me frappant les hanches à l'occasion contre le mobilier. Quand j'ai atteint la cuisine, Kovač m'y a rejointe.

– C'est fini, maintenant.

C'était la voix de Sébastien qui montait de sa gorge et s'élevait dans la pièce, éraillée, blessée. *Fausse.*

– Qu'est-ce que t'as fait de Sébastien ? ai-je demandé.

Le visage rogue de Barbe bleue s'est décomposé, comme s'il n'était pas le sien ; comme s'il s'agissait d'un masque malléable. Une expression de feinte compassion s'est modelée dans sa détestable chair.

Il me fallait sortir d'ici. Repartir. Le camion de Sébastien était peut-être encore dans l'entrée. Mais il n'y avait probablement pas laissé ses clés.

J'ai étiré un bras en direction du poêle. Ma main s'est refermée sur la poignée de la bouilloire. Barbe bleue se tenait à moins de trois mètres de moi. L'éclairage ne suffisait pas à bien définir sa silhouette, mais je distinguais un peu le contour de ses vêtements foncés. J'ai pris un élan et j'ai lancé la bouilloire dans sa direction.

Le fatras liquide qui a suivi allait suffire à faire diversion. Un hurlement s'est élevé qui m'a paru faire trembler la maison tout entière. Barbe bleue ne manifestait pas sa douleur, mais plutôt sa fureur.

J'ai vite ouvert la porte arrière et me suis élancée dans la nuit humide.

11

Les nuits de campagne sont toutes les mêmes : paisibles, silencieuses.

Noires.

J'ai contourné la maison, pieds nus, haletante, au bord des larmes. Encore, j'avais vu la mort. J'avais perdu le compte du nombre de corps qui s'étaient écroulés autour de moi. De l'extérieur, la maison de Sébastien ressemblait à n'importe quelle habitation rurale : il pouvait s'y être établi pour bricoler la fin de semaine, pour aller pêcher dans le lac Saint-Charles les soirs d'été…

Ou pour dissimuler un corps.

La rue était déserte. Un nouveau rugissement a ébranlé la maison de Sébastien, derrière moi.

– Viens ici, ou c'est moi qui viendrai te chercher !

J'errais au beau milieu de la rue, houspillée par des grillons qui s'impatientaient de me voir perdre autant de temps. J'étais tenaillée à la fois par le goût de vivre et par l'envie de tout laisser aller : le monde s'effondrait tout autour. J'étais l'artisane de mes malheurs.

Faux : un fou furieux en était le responsable. Et il était en train de saccager la maison, à quelques dizaines de mètres de moi. J'entendais le fracas de ses poings sur les murs, de ses pieds contre le mobilier.

Et où est Sébastien pour être témoin de tout cela ?

Le doute m'a assaillie. Sébastien était-il de connivence avec Kovač ? Je ne pouvais me résoudre à y croire. Me tenaillait plutôt l'impression que Kovač l'avait mis hors d'état de nuire, lui aussi. Barbe bleue détruisait tout ce qui se mettait en travers du chemin qui le menait jusqu'à moi.

J'ai traversé la rue jusqu'à une petite chaumière sans doute plantée dans le décor depuis la fondation de la municipalité. J'allais marteler la porte, alerter les voisins, les supplier d'accueillir une inconnue ; j'allais les presser de signaler 911, leur apprendre que le voisin d'en face était disparu, que sa maison avait été assiégée par un dangereux psychopathe.

Mais tout cela s'est trouvé mis en veille par un intrus.

Sur le perron s'est matérialisé un chat, apparemment survenu de nulle part. Ou peut-être avait-il adopté les atours de la nuit pour me tromper. Noir, comme le tortionnaire du narrateur dans le conte de Poe. Et disproportionné : on aurait pu le confondre avec un lynx. Comme la plupart des chats que j'avais vus ces derniers temps, sa fourrure était éraflée par des cicatrices dont l'origine ne m'était plus inconnue. Son maître l'avait stigmatisé des symboles de sa possession.

Le félin a ouvert la gueule, laissant entendre qu'il anticipait le geste que je m'apprêtais à poser – un geste qui contrastait avec les plans de son maître. Il valait mieux que je ne m'avise pas de franchir la distance qui me séparait de lui.

C'est un chat, Iris. Juste un crisse de chat !

Si seulement.

J'ai cédé.

Pas de Barbe bleue en vue. Je l'entendais rager dans la maison de Sébastien, mais pour une raison qui m'échappait, il ne m'avait pas poursuivie.

Il sait tout ce que je fais. Il sait que je dois revenir vers lui.

J'ai longé la maison, craignant le moment où il allait faire irruption devant moi. *Et faire quoi, au juste ? Il te veut vivante.*

Jusqu'à ce qu'il juge qu'il est temps de mourir, s'est opposée ma conscience.

J'étais l'Esprit, le cinquième élément du pentacle. Comme les autres, il fallait qu'il m'inflige son mal. Mais il était hors de question que ce lui soit facile.

Je me suis entêtée. Au diable le patrimoine : avec une force que je ne me connaissais pas, j'ai arraché un barreau à la balustrade du perron de la chaumière séculaire. Le chat format Costco s'est formalisé de mon refus d'éprouver la peur qu'il cherchait à m'instiller, et à nouveau il a montré les crocs.

Une occasion qui ne repasserait pas : je lui ai asséné une frappe sur le museau au moyen de mon arme de fortune. Si les Capitales[3] cherchaient du renfort pour le stade municipal, leurs dépisteurs pouvaient jeter un œil du côté de l'ancienne journaliste qui avait appris à frapper pour sauver sa vie.

L'animal a feulé et ses yeux – des pierres précieuses enfoncées dans la nuit – ont scintillé d'une fureur qui a galvanisé son instinct de prédateur. Il s'est élancé. Moi aussi. Mon arme l'a atteint sur le dessus du crâne, provoquant un craquement qui pouvait aussi bien être celui du bois que celui de l'os qui se fracture – comment distinguer l'un et l'autre ?

3. Équipe professionnelle de baseball de la ville de Québec.

Le félin s'est écrasé lourdement, désorienté. Alors j'ai senti monter en moi une rage qui m'était nouvelle, sans doute inspirée par la frustration, l'angoisse et les remords. Et j'ai frappé à nouveau, encore, puis encore. Bientôt, ce qui s'était satisfait d'être un banal barreau de balustrade pendant des décennies est devenu une arme destructrice qui a ravagé le corps de l'animal.

Je me suis interrompue pour reprendre mon souffle. Je voyais rouge. Littéralement : l'animal s'était éparpillé dans une bouillie informe parsemée de poil, de chair et de sang. Quelque part au milieu de la purée de félin s'étaient éteints les yeux mauvais qui m'avaient transpercée, quelques minutes auparavant.

J'ai repris mes sens, ou du moins je me suis rasséréné. J'ai martelé la porte de la maison qui faisait face à celle de Sébastien. Au bout d'une minute, un doigt a écarté le rideau pour laisser se profiler un visage inquiet. Pâle, le visage de la mort qui rôde dans le corps de celui qui ignore qu'il est le prochain sur la liste de la Faucheuse. Un vieil homme, qui avait peut-être grandi ici, à même cette maison. Ses yeux effarouchés ont remarqué le gourdin ensanglanté que ma main refusait d'abandonner. Le rideau a été tiré de nouveau et le visage fantomatique qui s'était momentanément matérialisé est retourné attendre la mort dans le ventre de son repaire.

Soit. Si ce bâton avait tué un des émissaires de Barbe bleue, il pouvait blesser Barbe bleue lui-même.

Je traversais la rue lorsqu'un mouvement sur ma gauche a attiré mon attention.

Un mouvement de masse. Des chats. D'abord une dizaine, puis vingt, cinquante. La horde du Mal. D'autres chats s'amenaient à ma rencontre, ameutés par les plaintes de celui des leurs que j'avais vaincu. J'ai serré mon bâton, mais une éclisse de lucidité a ricoché dans mon esprit, le temps de me faire prendre conscience du danger. Je n'avais pas la moindre chance de l'emporter contre autant d'animaux furieux, résolus à s'en prendre à *la dernière,* celle qu'attendait leur maître depuis trop longtemps pour sceller le pentacle.

En chœur, la horde s'est mise à geindre, et les cris ne référaient à rien d'animal. Je reconnaissais les gémissements – c'étaient ceux des poupons. J'ai revu en un éclair furtif les visages de nouveau-nés suspendus dans le chalet de Kovač. Combien Barbe bleue avait-il récupéré de ces petits humains qui étaient morts avant d'avoir été baptisés ?

J'ai accéléré la cadence, longé la maison de Sébastien. À l'intérieur, Kovač – s'il s'y trouvait encore – avait cessé son grabuge. J'effleurais le mur pour me faufiler entre la maison et la clôture quand la porte arrière s'est brusquement ouverte. Une gueule béante, prête à m'avaler.

– Viens ici, ou c'est moi qui viendrai te chercher ! a répété Barbe bleue.

Pas question, me suis-je dit. *Je vivrai encore. Ce sera peut-être un demi-quart d'heure, mais je vivrai encore.*

Derrière la propriété de Sébastien s'étendait la forêt. Mes yeux ont capté dans tout ce paysage un renfoncement plus clair léché par la clarté lunaire comme pour m'orienter.

Un sentier.

S'il comptait m'avoir, Barbe bleue allait devoir travailler encore un peu.

12

Rien ne ressemble plus à la forêt qu'une autre forêt. Mais celle qui s'étendait derrière la propriété de Sébastien Hade, j'allais le découvrir, cachait bien ses sombres secrets. Les pluies des derniers jours avaient ramolli le sol, faisant s'enfoncer mes pieds nus dans la boue. De temps à autre, je plongeais jusqu'à la cheville dans une flaque d'eau stagnante. Autour de moi, les arbres s'élevaient ainsi que les barreaux d'une gigantesque prison, et bientôt, je ne distinguais plus du petit quartier où habitait Sébastien qu'une vague lueur distillée par un lampadaire.

Je connaissais très mal ce recoin de la région, mais je savais que la forêt s'épaississait sur quelques centaines de mètres avant de déboucher sur une autre section de la municipalité. Mes espoirs reposaient sur ma capacité à traverser ce boisé, à lutter contre mon imagination, qui dessinait des arbres pourvus de longs bras, lancés à ma poursuite, munis de griffes et prêts à me rabattre au sol, à la merci de mon prédateur. Si je m'arrêtais, je pouvais entendre la complainte des enfants mort-nés meurtris et asservis par Barbe bleue, qui s'élevait dans la nuit, de l'autre côté des arbres. J'imaginais Kovač, ravi de cette musique que produisait le chant de ses disciples, ses chats estropiés avançant à sa suite comme une armée de petites âmes qu'il avait ravies à la mort.

Un kilomètre. Mille mètres à enjamber des racines, à contourner des arbres, à écrabouiller des champignons glissants, à ignorer du mieux que je le pouvais les bruits de la forêt nocturne.

Un petit kilomètre.

Un *long* kilomètre.

J'avais entendu jadis la légende d'une araignée spécifique à l'Amazonie, si impitoyable que nulle de ses proies n'arrivait à traverser sans périr la forêt, où elle régnait en maîtresse absolue. L'arachnide broyait le moindre espoir. J'ai frissonné en m'imaginant que me forcer à m'engouffrer dans ce bois épais et sombre était peut-être *justement* ce que Kovač avait en tête. Ne jamais me permettre d'en ressortir à l'autre extrémité.

Au rythme de mes pas incertains, je me suis mise à observer plus attentivement le décor de ma fuite. La plupart des arbres paraissaient chétifs, malsains... Nombre d'entre eux se contorsionnaient, parfois leur trajectoire de croissance bifurquait, sculptant des coudes pliés à 130 degrés – comme s'ils changeaient d'avis ou s'inclinaient devant plus grand et plus fort qu'eux.

Armée de la modeste lumière de mon téléphone, je n'arrivais pas à percer l'obscurité à plus de trois mètres devant moi. Une créature embusquée aurait pu surgir à n'importe quel moment et me prendre par surprise.

Sur ma droite, des trous d'écureuil creusés dans un conifère figuraient des yeux qui surveillaient ma hardiesse. Suspendus à quelques branches bonasses, des amas de branchages évoquaient des nids disproportionnés. Si de réels oiseaux nichaient à ces endroits, leur corps devait disposer de la force nécessaire pour m'enlever. Le tronc d'une épinette était affligé d'une excroissance qu'on aurait confondue avec un fœtus, une pousse naine, greffée à lui comme une tare.

Les joies de l'imagination en terrain hostile.

Je me suis arrêtée brusquement devant un renfoncement qui formait un cratère dans le sol, assez large pour contenir une dizaine d'humains. J'ai laissé la lumière de mon appareil parcourir le fond de l'excavation. Le trou n'avait rien de naturel : ses bords semblaient avoir été tranchés par le travail d'un homme. Le fond du cratère était un lit de ronces et de chardons trahissant qu'on avait jeté ici tout ce qui pouvait blesser quiconque mettait un pied hors du sentier. Au fond de la fosse, une spirale aux circonvolutions régulières dépassait du lit de végétaux. Du fil barbelé.

Et si on doutait encore de la facture humaine de ce piège, on n'avait qu'à lever les yeux pour apercevoir, sur le tronc de deux arbres qui assistaient à la scène, des marques de sang, parmi lesquelles étaient reconnaissables celles de mains épouvantées qui avaient tenté de s'extirper de la fosse. Simeón Kovač ne semblait pas en mesure de me communiquer ses volontés en permanence – même le Mal a ses limites, on dirait –, mais s'il pouvait lire en tout temps mes sentiments, il savait que j'étais incapable de dissimuler l'horreur qui m'habitait tandis que je contemplais les vains efforts de celles ou ceux qui étaient tombés dans ce piège inhumain, et dont les ongles avaient griffé l'écorce dans un ultime effort pour s'y accrocher et en sortir.

Surtout, je prenais conscience que si cet endroit avait été le théâtre d'autant d'horreurs, c'était forcément avec le concours de Sébastien. Sa complicité, sinon sa participation, ne faisait plus de doute.

Mon sang s'est échauffé, une boule s'est formée dans le creux de mon ventre, mais j'étais désormais habituée à porter en moi un corps étranger. Comme cette voix qui ne me laissait que peu de répit dorénavant.

Tu veux jouer, Iris?

Soudain, j'ai interrompu ma course. Combien avais-je laissé de centaines de mètres derrière moi? Combien en restait-il en aval? Je l'ignorais, comme j'ignorais à quel endroit cette forêt allait me recracher – si jamais elle consentait à me laisser la vie sauve. Mais *eux*, là-bas, ils savaient sans doute.

Alignés tels des cerbères austères, cinq corps bloquaient le passage, une dizaine de mètres devant moi. Immobiles, se contentant d'incarner la menace. Un des corps a levé un bras, qui s'est rabaissé jusqu'à tomber sur le sol.

C'est juste une branche, ai-je tenté de me raisonner.

Les branches ne s'articulent pas comme un bras, petite Iris. La voix fielleuse de Kovač, encore et toujours.

Derrière moi, un craquement a pourfendu le silence quasi complet de la forêt. Il me suivait. *Bien entendu, puisqu'il connaît toutes tes allées et venues.*

Que me restait-il? Comment semer un esprit omniscient?

En altérant la lucidité de celui de sa proie, me suis-je dit.

Si je brouillais mes propres sens, je pouvais fausser ma prise de décision, digresser de mon objectif, et ainsi rendre illisibles mes allées et venues. J'ai repensé au peyotl que nous avait servi Barbe bleue lors du sabbat. Il me fallait trouver quelque chose.

Je me suis mise en quête d'un champignon – ils pullulaient sur ce sol humide. Avec un peu de chance, j'allais repérer une pousse non comestible, qui pouvait m'empoisonner. Certes, mourir était désormais mon destin, mais il s'agissait d'un destin que Barbe bleue comptait m'imposer par lui-même, de ses mains. Il n'y avait pas ici de Sébastien Hade pour me tirer d'affaire, pour empêcher ma chute. Manger un champignon empoisonné allait peut-être me coûter la vie, mais aussi court-circuiter les plans sinistres de Simeón Kovač, qui devrait trouver un autre esprit à parasiter pour fermer le cercle de son pentacle infernal.

J'ai abaissé le pinceau de lumière produit par mon téléphone, scrutant le sol à la recherche de la solution qui allait rompre le lien entre Kovač et moi.

— Alors te voilà, ai-je entendu résonner à proximité.

J'ai levé le bras si vite pour éclairer l'endroit d'où provenait la voix que mon téléphone s'est échappé de ma main. Je me suis jetée sur la talle de fougères qui l'avait englouti, griffant le sol pour récupérer ma lanterne de fortune.

Barbe bleue attendait que je me relève. Ce que j'ai fait, pour me retrouver face à face avec lui. Son visage inexpressif se fondait dans la noirceur, dessinant un cercle imparfait qu'entourait la capuche qu'il portait pour mieux se dissimuler dans la nuit. Sous son œil droit s'agrandissait une tache sombre que je ne lui avais pas remarquée auparavant, boursouflée et texturée de manière dégoûtante. On aurait dit de la moisissure.

Il a fait un pas en avant. J'ai voulu reculer, rebrousser chemin, retraiter jusqu'à la demeure de Sébastien, prendre le temps de signaler 911 sur mon téléphone... Mais je savais à présent que Barbe bleue n'allait pas me laisser le loisir de lui échapper. Son but était désormais à portée de sa main.

Son visage s'est approché à nouveau, et je le laissais faire. Son emprise était désormais totale. À distance, il prenait le contrôle de mon esprit par intermittence. Là, il se tenait à quelques centimètres à peine de moi.

Tu es hypnotisée.

Mon libre arbitre m'avait quittée comme l'âme s'échappe du trépassé.

Barbe bleue m'a dévisagée sans parler. Puis j'ai senti son bras s'élever au-dessus de lui dans un geste ample. Un mouvement brusque a suivi sa manœuvre, et enfin la nuit m'a enveloppée jusqu'à s'épaissir et m'avaler entièrement.

13

Je n'ai jamais su sentir les pommes de terre qui prenaient au fond dans la casserole. Ma mère disait que j'avais hérité du nez de mon père : inopérant. Et bon rien qu'à se fourrer partout où il ne fallait pas.

C'est pourtant mon olfaction qui m'a fait émerger de l'état comateux dans lequel Kovač m'avait plongée. Une odeur de terre humide embaumait l'endroit où je me trouvais. J'ai ouvert les yeux dans l'obscurité, une obscurité si opaque que j'ai cru que je m'éveillais d'un rêve dans un autre rêve, comme dans ce récit de Borges. Kovač m'avait transportée dans un autre lieu : les odeurs de la forêt s'étaient évanouies, avaient été englouties par celle, dominante, de la terre.

Le froid ne cadrait pas avec la saison.

Puis j'ai compris. *Il m'a entraînée sous terre.*

J'ai retenu la panique qui piaffait au creux de mon ventre ; j'ai étouffé le cri qui enflait tout au fond de ma gorge.

Une sensation de reptation, sur ma cheville, m'a dégoûtée. J'aurais voulu lever la jambe, botter la chose qui s'aventurait sur ma peau, mais en vain. Même me pencher pour y voir de plus près devenait impensable. Kovač m'avait sanglée contre la paroi froide et humide sur laquelle j'étais maintenue en appui.

C'est une réplique de la crypte de Stoneham.

– C'est juste une couleuvre, s'est manifestée une voix dans le noir. Féminine, calme. *Résignée.*

Un crépitement s'est fait entendre et, l'instant d'après, des flammes timides gagnaient peu à peu la confiance et l'énergie qu'il fallait pour illuminer ma geôle d'une lueur orangée.

Ce qui s'est d'abord présenté à ma vue a été le mur d'en face. Y était gravée une image que je connaissais désormais trop bien. Le pentacle de Barbe bleue.

– Ça va bien aller ! a ajouté la voix doucereuse à mes côtés. J'ai tourné la tête, un peu malgré moi. *Non, je ne veux pas voir. Préserve-toi, Iris. Ne regarde pas.*

Isandra. Son visage privé de ses yeux. Les orbites maintenant suturées. La tête désarticulée à cause de cette coupure, pourpre et croûtée, qui s'ouvrait dans sa gorge et laissait pendre son crâne sans soutien. Orientée dans ma direction, la tête était léchée par le halo que propulsait le feu fraîchement allumé.

– Ça va bien aller ! a répété Isandra.

Et au lieu d'un arc-en-ciel naïf comme on en avait dessiné des milliers l'année précédente, aux prémices de la pandémie, sa bouche a fait s'épanouir un sourire. Et ce sourire semblait destiné à ne jamais s'arrêter d'éclore. De sa mâchoire grande ouverte se déversait de la terre. Comment mon amie pouvait-elle avoir avalé une quantité aussi importante de terre ?

Elle n'est pas réelle, Iris.

Me sont revenus les mots de Sébastien, quand on avait discuté de Stoneham : il ne fallait pas croire tout ce qu'on voyait sur la propriété de Kovač. C'était pareil ici.

– Ça va bien aller. On est bien, ici. Tout le monde est à son meilleur, ici. Ça ne fait plus mal… Et tout ça, c'est grâce à *toi*, Iris !

La voix d'Isandra semblait amenuisée par un chapelet de cailloux qui lui auraient écorché la gorge, et qui lui conféraient un timbre de voix que je ne lui avais jamais connu. Je la dévisageais avec horreur : son sourire continuait à déverser une boue immonde. Ses yeux absents lui donnaient l'air de sortir tout droit de *Coraline*, un film pour enfants qui m'avait mise mal à l'aise même à l'âge adulte, ce qui aurait renforcé la théorie de Freud sur l'inquiétante étrangeté.

Le feu a gagné en intensité, éclairant les profondeurs du caveau où nous étions plongées. Et soudain se sont révélées des créatures qui avaient toujours été là, tapies dans l'ombre. Des corps nus, rassemblés autour du feu. Horrifiée, je reconnaissais Anne Cadette. Ses seins étaient saisis à pleines mains, palpés sans ménagement, par l'homme dont elle s'affairait à fouiller la bouche avec sa langue, comme si elle espérait se repaître de la sienne. L'homme a pivoté, vaguement attiré par mon arrivée parmi cette meute de morts-vivants. Sa torsion m'a permis de voir son abdomen : une cavité ouverte, dégarnie de ses viscères. Jérôme Vergès, ai-je compris : l'avocat de Barbe bleue.

En arrière-plan, un jeune homme barbouillait une des parois du caveau. Il y avait déjà inscrit des dizaines de fois la même phrase, tristement psalmodiée en lettres de sang – un sang qu'il allait puiser, de temps à autre, à même l'abdomen de Vergès.

Où nul œil du ciel ne pénètre.

Il s'est tourné vers moi, et je l'ai reconnu. Miki DiMaio. Il m'a souri. *Miki ne sourit jamais…* Cette fois, oui. Ses dents s'accrochaient les unes aux autres comme une ribambelle d'ivrognes incapables de s'aligner avec dignité.

D'un geste las, l'air espiègle, Miki a pointé une section éloignée du caveau.

– Où est-ce qu'on est ? ai-je gémi.

– À la maison, ma belle. On est finalement tout le monde ensemble.

Cette voix de femme… trafiquée par l'après-vie… néanmoins reconnaissable.

Miki s'est avancé jusqu'au feu, s'est muni d'une torche. Sous l'effet de la chaleur excessive, son visage s'est échauffé puis s'est mis à fondre. Bientôt, la peau de ses joues s'est liquéfiée, et le jeune homme n'affichait plus rien d'humain. Mais son sourire restait inaltérable. Miki s'est déplacé jusqu'au fond de la fosse, là d'où m'avait répondu la voix féminine qui m'avait troublée. Sa torche a éclairé la scène. Et la voix s'est élevée dans le caveau une nouvelle fois.

– Tous ensemble, comme avant…

Ma mère. Je n'arrivais pas à détourner le regard, cependant qu'elle m'imposait un supplice insoutenable. À quatre pattes, nue comme un ver, ma mère était prise en levrette. L'homme qui la pilonnait par derrière, aussi poilu qu'une bête, ahanait tel un forcené. Le bruit de son bassin percutant les fesses de ma mère produisait un *ploc* sonore qui évoquait le son d'un objet lourd tombant dans une mare de liquide.

– T'es belle, Iris ! T'as toujours été ma belle fille.

La voix de ma mère, insouciante, chevrotant en raison du balancement que l'homme qui la baisait impulsait à son corps.

– Regarde, Georges : c'est Iris !

Georges. L'homme qui enfonçait de manière effrénée son membre obscène dans le sexe de ma mère était…

Papa.

Mon père s'est retourné à son tour, un sourire ravi illuminant son visage. Il n'a rien changé à ses va-et-vient, pénétrant machinalement ma mère. Deux corps s'accordant dans la mort, des peaux flétries recouvrant des os passés au-delà du monde tel que je le connaissais.

Donc maman est morte, elle aussi? Depuis quand? J'étais abattue par cette prise de conscience. *Maman est morte et je ne l'ai pas su?*

— Tu viens, ma belle fille?

J'ai écarquillé les yeux jusqu'à espérer que Barbe bleue me les prélève à mon tour. *Tu viens?*

— Arrêtez! ai-je articulé péniblement. Arrêtez! C'est indécent… c'est… horrible… arrêtez… c'est…

— … à ton tour, a résonné une voix grave, elle aussi dissimulée dans l'obscurité.

Miki DiMaio, l'éclaireur de service, s'est encore une fois déplacé. Sa torche s'est désintéressée de mes parents, mais j'entendais encore, dans l'obscurité, leurs ébats obscènes et éhontés. Quand Miki a atteint un nouvel îlot de gens, le feu a rongé sa torche, et Miki s'est embrasé. Il a d'abord gémi, puis ses gémissements se sont mués en cris, et bientôt le caveau au complet s'est empli de hurlements de douleur.

— Il est drôle, lui! a rigolé Isandra à mes côtés.

Quelque part dans le noir, les *ploc-ploc* de mon père enfilant ma mère se sont accélérés. Je ne la voyais plus, mais j'entendais les couinements de plaisir de ma mère augmenter en intensité. *C'est un cauchemar,* me suis-je dit. *Je vais m'éveiller et constater que Barbe bleue m'a laissée assommée sur le sol, dans la forêt.*

— C'est à ton tour, a repris la voix grave – une voix d'homme. En étirant le cou, j'ai aperçu qu'elle provenait de l'îlot qu'éclairait le corps embrasé et désormais inerte de Miki DiMaio. L'homme qui avait parlé était assis sur une chaise bancale. Nu comme tous les autres, Sébastien Hade observait sans broncher les invités qui s'adonnaient à leurs bassesses. La chair enflammée de Miki, à ses pieds, aurait pu n'être qu'un feu de foyer : Sébastien s'en fichait.

– Ce n'est pas vrai… rien de tout ça n'est vrai…, ai-je sangloté.

– Ça ne sert à rien de nier, Iris, a lancé Sébastien. Ça ne sert à rien de résister.

Sébastien s'est levé, irradié par la lumière que projetait toujours le corps incendié de Miki.

– Les gens ne croient plus aux incarnations du Mal, mais ça n'a pas d'importance, a-t-il poursuivi.

Je le regardais, ébahie : où était l'homme que j'avais fréquenté ces derniers temps ? Sébastien semblait à la fois sûr de lui et hypnotisé.

– Le Mal n'a besoin de la croyance de personne, quand il est en mesure de déployer ses fils.

– T'étais au courant…, ai-je bredouillé.

Sébastien a haussé les épaules.

– Il me parlait, Iris. Comme à toi. *La clé est dans la tête.*

– Toi aussi…

La nudité de Sébastien n'avait rien d'aussi obscène que celle des autres. Mon regard a dévié sur la gauche, où Anne Cadette et Jérôme Vergès s'enduisaient d'une substance foncée. De la merde. Anne frottait le dos de l'avocat, qui humait l'odeur infecte que dégageait ce dont elle le badigeonnait. Anne y allait d'un mélange de ricanements et de gémissements, comme une collégienne découvrant le chatouillis du cunnilingus.

– Comment voulais-tu qu'il s'adresse à nous, Iris ? a repris Sébastien. Il lui fallait un moyen.

J'essayais de me concentrer. Je repensais à l'appel de Sébastien, une semaine auparavant. Il était réapparu de nulle part. Ce n'était pas un retour innocent. Il a repris son discours, marchant lentement dans ma direction.

— J'ai posé la question une dernière fois à Courval, avant de l'écarter pour de bon du chemin de Kovač… Le directeur me l'a confirmé : à partir de son incarcération, Kovač a cessé de parler. Il n'a pas dit un traître mot, Iris. Ça fait plus de deux ans qu'il n'a pas dit un mot.

— Tu mens ! l'ai-je accusé.

C'était impossible. J'avais discuté avec Barbe bleue, je l'avais interrogé. Puis j'ai songé à Marcel, le gardien de Baquard. À son air amusé, la dernière fois que j'avais rendu visite à Barbe bleue. À ses mots, lourds de sous-entendus, avant que je quitte Baquard.

Vous n'êtes pas tannée de perdre votre temps ? Il se moque de vous, vous savez.

En écho à mes réflexions, Sébastien a enchaîné.

— Toi, tu l'entendais, Iris, parce qu'il savait comment te parler. Il a toujours su s'insinuer dans nos têtes… depuis la nuit du sabbat. Depuis qu'on a accepté de révulser les yeux.

Je digérais mal ce que m'apprenait Sébastien. J'étais donc restée assise devant Barbe bleue, à lui parler comme une aliénée qui s'imagine un interlocuteur ?

Sébastien était désormais tout près ; je pouvais sentir sa peau, qui n'avait rien perdu de son parfum musqué, même dans ce trou maudit dans la terre. Ses yeux étaient démunis de leur éclat habituel, il paraissait en proie à une transe – comme les autres.

— L'Esprit, le cinquième sceau du pentacle… c'est à ton tour, Iris.

J'ai secoué la tête. Ce mouvement m'a fait reprendre conscience de mon corps. J'étais hypnotisée par l'orgie qui se poursuivait autour de moi : Anne et l'avocat léchaient à présent les doigts l'un de l'autre, dégustant la merde de… de qui, au juste ? Mes parents continuaient à batifoler sauvagement dans l'obscurité, leurs cris indécents s'étant mués en beuglements de bêtes. Combien de temps encore pouvaient-ils maintenir cette cadence ridicule ?

Ils sont morts, Iris. Un filet de lucidité s'est manifesté en moi. *Ils pourraient baiser comme des démons pour l'éternité. Ils ne sont pas réels.*

Sébastien a repris son laïus.

– La sexualité débridée… le langage ordurier… la notion de péché… Ce sont des vieilleries moyenâgeuses. Les Fils du Mal ont adapté leurs astuces, a continué à professer Sébastien, apparemment inconscient que son sexe s'était mis à bander, comme excité par le moment de grande révélation que nous vivions. Le Mal contemporain a adopté d'autres atours, Iris. Cupidité, égoïsme crasse, individualisme exacerbé… autant de façons pour les Fils du Mal de se ravir de ce que nous sommes.

Les yeux de Sébastien se sont enfin posés sur moi, et pendant un instant, j'ai cru qu'il me regardait pour vrai.

– La nuit du sabbat, Kovač nous a pris par la tignasse et a exigé qu'on révulse les yeux. Il savait ce qu'il faisait, Iris. Te souviens-tu de la dissidente ?

La femme que les chats-enfants de Kovač avaient dévorée pour la punir d'avoir déserté le sabbat…

– Quand Kovač l'a attrapée, a repris Sébastien, il lui a demandé de révulser les yeux. Le cri qu'elle a propulsé dans la forêt… ça ne pouvait pas venir d'un être humain. Et pourtant… son cri prouvait qu'elle était trop pure pour se livrer aux volontés de Kovač. Toi et moi… eux…, a fait Sébastien en désignant Anne et l'avocat. On n'a pas hurlé. On a révulsé les yeux et on n'a pas hurlé. Sais-tu pourquoi ?

Je n'avais rien à répondre. Mon univers avait amorcé son lent écroulement une semaine auparavant, et il parachevait cette nuit son *Big Crunch*. Une lassitude noire s'est emparée de moi comme si un linceul recouvrait mon âme.

Sébastien a esquissé un sourire, mais ce n'est pas à moi qu'il souriait.

– Parce qu'on s'est vus nous-mêmes. On n'a pas hurlé, parce que le mal qu'on a vu, c'est nous-mêmes, Iris.

Pourchasser un politicien au point de le mener au suicide… humilier ses parents jusqu'à les rendre malades… convoiter égoïstement la notoriété au prix de la vie de sa meilleure amie…

– C'est à ton tour, Iris. Le cinquième sceau, c'est toi. L'Esprit qui communie avec le Fils du Mal… c'est toi, Iris Tellier.

– Non…, ai-je échappé mollement. Pourquoi ce n'est pas toi, crisse de salaud ? Tu as tué Courval… c'est sûrement toi qui as tué Tomaš Němec aussi… Je les ai vus dans ta maison…

Le sourire de Sébastien s'est agrandi.

– Kovač aurait aimé s'occuper lui-même de l'aveugle et défenestrer le consul, mais disons qu'il avait besoin d'aide. Moi, Iris, je suis le prochain. Les Fils du Mal doivent se relayer. Une fois que le dernier élément aura scellé le pentacle, le nouveau fils va advenir.

Celui qui avait été mon amant s'est penché et sa main a agrippé un long coutelas qui attendait sur le sol.

– Après tout, a-t-il poursuivi, ce sont les *Fils* du Mal, non ?

Sébastien s'est approché et a glissé l'arme tranchante sous mes sangles. Tandis qu'il me libérait de mes entraves, Anne

Cadette et Vergès abandonnaient leur jeu dégoûtant et se dirigeaient vers la paroi du caveau où figurait le pentacle. À tour de rôle, ils ont barbouillé l'emplacement de chacun des éléments, comme pour marquer l'accomplissement de chacune des étapes du plan de Barbe bleue.

Puis Barbe bleue est descendu dans le caveau, engendrant une rumeur d'anticipation. L'atmosphère a semblé s'électriser, et même si les convives étaient déjà assez excités, chacun a semblé grisé par sa venue.

– Pour chaque après, il y a un avant, Iris, a déclamé Sébastien en coupant ma dernière sangle. Avant moi, il y aura eu Kovač.

Derrière Sébastien, la silhouette de Barbe bleue s'est découpée dans la pénombre. Immobile, il attendait que s'accomplisse ce pour quoi il m'avait attirée jusqu'à lui à Baquard.

– C'est à ton tour, Iris, a répété Sébastien.

Quand il a levé le coutelas, la lumière du feu a ricoché sur la lame et a semblé blesser ce visage que j'avais trouvé séduisant.

LUI – IV

Kladno, République tchèque, 2010

Dans quelques minutes, l'avion décollera. Simeón entend son père piaffer d'impatience, de l'autre côté de la porte. On veut se débarrasser du mouton noir, de la vilaine tare familiale. L'opulente propriété des Kovač grouille de militaires venus s'assurer que Simeón montera bel et bien dans l'avion, qu'il disparaîtra. Certes, il se prêtera au jeu. Mais on ne sera pas débarrassé de lui pour autant.

En Tchéquie ou au Canada, Simeón sera ce qu'il est : un maillon de la chaîne.

Sur le plus grand mur du salon, le père de Simeón a fait installer un immense tableau réalisé par un peintre tchèque. Jaromar Kovač n'a rien à cirer de cet artiste, mais il compte sur le retour que cet investissement lui permettra un jour. Un tableau d'aussi grandes dimensions vaudra peut-être une petite fortune.

Immobile devant le tableau, Simeón, lui, y voit autre chose que ce paysage de la campagne tchèque que n'importe quel bourgeois comme son père considère comme de l'art. Les yeux de Simeón ne peuvent se détacher du mur : il expérimente une transe telle qu'il n'en a jamais connu auparavant. D'instinct, il se munit du stylo qu'il a dans sa poche, s'approche du tableau et, dans le coin inférieur, se met à écrire frénétiquement.

Simeón sait qu'on lui parle. Il a conscience que c'est son prédécesseur qui s'adresse à lui. Un Fils du Mal engendrera un nouveau Fils du Mal.

Sur la toile, Simeón inscrit cinq mots qui ne lui disent absolument rien pour le moment.

Vergès
Anne
Miki
Isandra

Simeón trace les lettres d'un cinquième mot. Quand il a fini, il constate que le S de ce mot ressemble à un serpent.

14

Alors qu'il devait m'achever, Sébastien a écarquillé les yeux. J'en ai vu les veinules fatiguées. Son regard semblait illuminé d'une conscience nouvelle. Le mouvement suivant s'est effectué aussi sèchement que lorsqu'on rompt une branche.

Le coutelas était solidement planté dans sa tempe gauche. Ma main ne l'avait pas encore lâché. Un filet de sang s'est écoulé de ses yeux. Lorsqu'il s'est effondré, sa tête a percuté le sol et le couteau s'est enfoncé davantage dans un craquement qui lui a ouvert une partie du crâne.

Je l'ai regardé avec dédain. Dans la mort, Sébastien Hade était bandé plus encore que dans n'importe lequel de nos ébats. Mes mains avaient dépossédé Sébastien du couteau à une vitesse désarmante, que je ne me connaissais pas.

J'ai observé l'ombre de Barbe bleue, à quelques mètres de moi.

Et puis, malgré moi, plus fort que moi, un sourire m'a ouvert les lèvres puis s'est épanoui. Ma bouche s'étirait et je ne ressentais rien. Rien d'autre que le triomphe.

Autour de moi, les débauchés étaient retournés là d'où ils venaient : dans le néant qui les avait accueillis à leur mort. Anne, l'avocat, Isandra, même les cendres de Miki. Mes parents aussi, disparus.

Ne restait que nous.

Lui et moi.

• • •

Barbe bleue est sorti le premier, puis moi, à sa suite.

Nous nous sommes livrés au matin naissant. Il a planté ses prunelles dans les miennes. J'ai attendu que son esprit parle au mien, mais rien n'a été dit. D'un air entendu, Barbe bleue m'a laissé être ce que j'étais devenue. La tache de moisissure sous son œil s'était agrandie, laissant croire que son règne en ce bas monde achevait.

Il a tourné les talons et s'est fondu dans un horizon nimbé d'or. Je percevais encore ses contours tracés sur le soleil d'aube lorsqu'une vague de chats s'est déversée à sa suite.

Quand il s'est estompé comme un soleil noir qui se couche, même dans le lointain, j'ai entendu le bruit de sa disparition. Des sons d'animaux qui mastiquent, qui absorbent cette incarnation d'un Fils du Mal.

D'un fils qui laisse sa place à une *Fille* du Mal.

LUI – V

Le jour de l'évasion

Sur le plancher de sa cellule à Baquard, Simeón Kovač baigne dans une flaque de vomi qui dégage des relents infects dans tout le corridor. À travers la fenêtre, un rayon du soleil naissant étire le bras pour lui caresser la tête, presque par réconfort. Lors de la ronde matinale, les gardiens qui le trouvent ne s'embarrassent pas d'autant de sollicitude en le trainant à l'infirmerie.

Six étages plus bas.

– On a trop mangé hier, Simeón? demande Margot, l'infirmière infantilisante, alors qu'elle sait très bien qu'il ne répondra rien. Kovač n'a prononcé aucun mot depuis son entrée à l'institut, pourquoi en serait-il autrement aujourd'hui?

Pour toute réponse, Kovač produit de nouveaux haut-le-cœur, ce qui l'incite à filer aux toilettes en vitesse.

Il y a vingt minutes qu'il s'y trouve quand l'infirmière s'impatiente et demande à Marcel, le gardien resté en vigie dans le couloir, de venir sonder ce qui se passe.

– Simeón? l'appelle Marcel. Tout va bien, là-dedans? Il va falloir ouvrir, si t'as besoin d'assistance… Ça va?

Plus ou moins : de l'autre côté de la porte, les râles gutturaux et les bruits d'expulsion intestinale laissent croire que Kovač se vide de tout ce que son corps contenait. La toilette est une zone sinistrée dans laquelle il sera difficile d'entrer avant plusieurs minutes.

De toute façon, on aura bien mieux à faire qu'à aller examiner ses déjections. Quand la poignée tourne et que la porte s'entrebâille, Marcel n'a pas le temps d'anticiper le geste de Kovač. Dans la seconde qui suit, le gardien met ses deux mains à sa gorge pour essayer d'éponger le sang qui, en giclant, dessine des arabesques sur le mur.

Si l'infirmière hurle, elle alertera d'autres gardiens. Aucun risque à prendre : Kovač se sert de l'objet qu'il a récupéré dans ses déjections et lui tranche la gorge à son tour.

La clé qui ouvre la trappe de son bunker est méconnaissable parce que maculée de merde et de sang. Et, si Kovač est chanceux, l'objet est assez contaminé par ses propres bactéries pour que Marcel développe une infection, s'il survit à l'attaque.

La veille, Barbe bleue a passé une partie de la soirée à affûter la clé pour en faire une petite dague à peine plus longue qu'une lame de rasoir, et aussi tranchante. Il a failli s'étouffer en l'ingérant il y a une heure, et l'irritation qu'il sent dans son œsophage est probablement due à des microcoupures.

En ce qui concerne Margot, il est trop tard. Son corps a tressailli, mais c'était un réflexe neurologique. Elle est déjà inerte, probablement parce que son cœur s'est affolé à la vue de tout ce sang qui gerbait de sa gorge. Il paraît qu'il lui restait quelques mois avant la retraite.

Derrière Kovač, la fenêtre grillagée n'est pas une option de fuite.

Alors il s'assoit et patiente.

Jusqu'à ce que la sirène retentisse et secoue les murs de l'institut.

• • •

Les giclées sonores que la sirène expulse dans l'air d'été profanent la quiétude habituelle du chemin Royal. Devant Baquard, les hautes herbes semblent hérissées par la panique, se dit Simeón Kovač au moment de traverser calmement la porte principale. Le personnel étant occupé par une urgence ailleurs dans le bâtiment, Kovač se demande si on a découvert Margot et Marcel, à l'infirmerie. En cavale, il s'amusera à imaginer la moue de chacun des employés, qu'il connaît par leur nom et leur odeur caractéristique. Même menotté, Kovač serait en mesure de perforer une carotide avec une agilité déconcertante. Mais le plan est si bien exécuté que ce ne sera pas nécessaire.

Il est tenté de humer le grand air pour la première fois en un an.

C'est à ce moment qu'il aperçoit un premier véhicule de police dans le stationnement.

• • •

Il faut une vingtaine de minutes pour que le périmètre soit circonscrit par les véhicules de patrouille. En attente du Groupe tactique d'intervention, des bleus embusqués derrière leurs voitures pointent leurs armes en direction du bâtiment principal.

À la radio, un policier hurle qu'on rapporte deux incidents : la disparition du directeur Julien Courval et l'évasion de Simeón Kovač. Il précise que les deux incidents pourraient avoir un lien.

Au volant de sa voiture de patrouille, le matricule 774 sort du stationnement de Baquard et s'arrête pour parler au chef des opérations.

– Vous avez demandé un véhicule pour bloquer la sortie du pont, chef. Je m'en occupe.

– Allez-y.

Le véhicule conduit par le matricule 774 allume ses gyrophares et file en direction du pont de l'Île-d'Orléans. Au lieu de s'immobiliser comme convenu au milieu de la chaussée à l'intersection de la route Prévost et du chemin Royal, il s'arrête quelques centaines de mètres avant, dans le stationnement arrière d'une maison ancestrale du chemin Royal. Ses résidents ne seront pas de retour avant deux bonnes heures.

– Vite ! ordonne le policier.

L'insigne rebondit sur le siège du passager quand le policier s'en débarrasse. Pour le rendre au policier dont le matricule est véritablement 774, il faudra retourner à Baquard et l'épingler à la chemise d'un mort. À l'heure qu'il est, le pauvre 774, qui s'appelle en réalité Patrick Boucher, est affalé dans l'herbe derrière Baquard. Le sergent Sébastien Hade a utilisé l'arme de service de Boucher pour lui trouer la poitrine.

– Dépêche ! siffle Sébastien.

Le coffre de la voiture de police libère Simeón Kovač qui, encore menotté, s'empresse de monter à bord de la Toyota Yaris que Sébastien avait postée derrière la maison pour mettre le plan à exécution. Avec une agilité étonnante, Kovač se glisse sur la banquette arrière de la Yaris et s'y couche, en attendant que son complice le revête d'une couverture.

Sébastien n'est pas au bout de ses peines. Il vient d'entendre maugréer l'autre personne qui est dans le coffre de la voiture de police.

• • •

La tension redescend une fois que la Yaris de location s'engage sur la route 175 en direction du parc des Laurentides.

– On les a eus, on dirait, se réjouit Sébastien. Je les ai eus.

Étendu sur le ventre, Simeón Kovač ne dit rien. Il peine à respirer, à cause de la chaleur et parce qu'il garde son visage collé sur la banquette, là où d'autres ont posé leur derrière par le passé.

Une idée vient à l'esprit de Sébastien.

– Tu me niaises pas, hein, Kovač ? Iris Tellier est là pour fermer le cercle.

– Tout vient à point à qui sait se détendre, raille Kovač.

Sébastien Hade n'en revient pas encore que Kovač puisse s'adresser à lui sans ouvrir la bouche. Il s'en est rendu compte pour la première fois il y a quelques années, après avoir appréhendé Kovač près du chalet de ce dernier, à Stoneham. Un signalement avait été émis pour retrouver Kovač, qu'on cherchait à relier au carnage d'une famille à Montréal, et à l'isolement d'un homme accablé d'une détresse psychologique qui lui avait été fatale. Les deux tragédies mettaient en vedette les hommes chargés de garder Kovač à vue dès son arrivée en sol québécois. Sébastien avait approché Kovač, l'avait observé attentivement, avait jugé qu'il ressemblait à celui qu'on recherchait… puis quelque chose s'était produit dans son esprit. Une voix s'était manifestée qui n'était pas celle de sa propre conscience. Sébastien avait vu son bras se lever contre sa propre volonté. À peine avait-il eu le temps de s'étonner que Kovač l'avait attrapé par les cheveux et lui avait incliné la tête vers l'arrière. Par la force de sa volonté, Kovač l'avait incité à révulser les yeux jusqu'à ce que ses iris disparaissent sous les paupières.

Le policier n'avait pas hurlé. Il avait souri.

S'était souri à lui-même. Il avait vu le visage du Mal. Le sien.

Voilà qui assurait que Sébastien Hade était destiné à croiser de nouveau le chemin de Simeón Kovač. Il n'avait résisté que brièvement avant de reprendre contact avec Kovač, mais s'était laissé amadouer quand le Tchèque avait distillé dans l'esprit de Sébastien la véritable identité du policier et quelle incommensurable puissance attendait la personne vouée à prolonger le cycle. Sébastien n'avait eu qu'à suivre les indications de Kovač : trouver Iris Tellier, soigner les blessures à son âme…

La dernière fois qu'il avait baisé Iris, chez elle, il avait vu la clé du bunker sur la table de sa cuisine. Offerte. Se rendre à Baquard pour « questionner Kovač à la suite d'une plainte de madame Iris Tellier quant à son comportement obscène » avait permis à Sébastien de remettre la clé au détenu. Il n'avait eu qu'à la dissimuler dans les pommes de terre pilées qui accompagnaient le repas de Kovač.

La Yaris arrive à la hauteur de Lac-Saint-Charles quand Sébastien semble illuminé par une idée qui le grise.

– On se débarrasse d'Iris, on scelle le cinquième élément du pentacle, et après, piouuu ! fait-il, en esquissant un geste d'ascension avec sa main. Je prends ta puissance, je te remplace. Ensuite, je peux m'en prendre à qui je veux.

Kovač ne répond rien. Il est satisfait de ce qu'il entend.

Sébastien Hade est aveuglé par l'orgueil. Juste assez pour ne pas douter : le cinquième sceau du pentacle, c'est lui. Mais, même s'il essayait, Sébastien ne serait pas aussi apte qu'Iris Tellier à prendre le relais de Barbe bleue.

Reste à présent à le laisser attirer Iris chez lui.

La suite s'opérera tout naturellement.

Iris est prête.

15

15 août 2021

C'est une jolie ferme de Portneuf, et il fait bon s'y laisser chauffer sous le soleil.

Un petit pont de bois enjambe un ruisseau dont les clapotis se répandent dans la vallée telle une ode à la liberté. De l'autre côté du pont se déploie un champ à l'herbe si haute qu'après quelques foulées, on se fondrait dans le paysage.

Certains d'entre nous doivent traverser le pont, un jour ou l'autre.

Léonie Lalemant, par exemple. Pendant longtemps, j'ai cru qu'elle avait péri sous la férule de Barbe bleue. J'avais tort. Léonie est bien vivante. Elle est là, devant mes yeux. Elle transporte un seau qu'elle ira remplir de la traite des vaches, et en l'observant, on la croirait heureuse tant ses pas sont lestes. Or la vérité, c'est que Léonie porte en elle le lourd fardeau d'avoir brisé un cœur en arrêtant le battement d'un autre coeur. La cuisse légère de Léonie avait fait se déposer dans son ventre un petit être qu'elle n'aura pas su aimer. Parce que dans les veines de Léonie coule la colère par atavisme; une colère instillée par ce père violent qui l'a éduquée à grand renfort de coups et d'insultes. Ainsi, un jour que son bébé mettait trop de temps à cesser de pleurer, Léonie l'a secoué un peu trop fort. Et comme le souffle de son enfant, l'amour que son mari avait pour elle s'est interrompu, lui aussi. Depuis, Léonie a purgé sa peine et elle est revenue vivre chez ses parents, à la source de ce qu'elle est devenue.

C'est inscrit en elle, croit Léonie : la colère, la haine.

Léonie Lalemant croit beaucoup de choses. Elle croit sans doute aussi qu'elle finira par oublier ses méfaits, sur cette terre qui s'abreuve de ses larmes quand elle s'apitoie sur ses malheurs.

Mais ce n'est pas ainsi que doivent se dérouler les événements. La boucle doit inexorablement être bouclée. Et pour ce faire, Léonie Lalemant sera la première sur qui je jetterai mon dévolu, parce que dans ce bunker de Stoneham, c'est ce que l'esprit de Simeón Kovač m'a communiqué de faire. Ensuite viendront Aglaé et Coralie. Barbe bleue s'est bien amusé à m'entraîner sur une fausse piste. Le lion, l'aigle et le corbeau : les animaux représentés sur les armoiries de la lignée Kovač, depuis des siècles. J'avais cru que Barbe bleue avait assassiné ces trois femmes pour adresser un pied de nez à la famille qui l'avait renié. Or il me montrait plutôt le chemin à suivre. Il pointait les pièces que je devrai mettre en place pour accomplir mon propre destin. De la même manière que son prédécesseur lui a dicté les noms de ceux qui allaient l'aider, lui, à faire tourner la roue. *Notre* roue. Kovač a d'abord cru qu'il devait engendrer le prochain Fils du Mal. Les échecs successifs des femmes qu'il a engrossées lui ont montré qu'il avait tort.

Puis il a compris. Ces cinq noms qui lui ont été dictés, avant son départ de Kladno, étaient ceux des sacrifiés à venir.

J'aurai à mon tour mes propres sacrifiés.

Léonie, Aglaé, Coralie. La Lumière, l'Obscurité, les Cieux.

La police finira par m'intercepter. On m'assignera un avocat. Il fera un candidat de choix pour incarner le Vide. Je me rappelle la boutade de Barbe bleue et je rigole. *Vous savez ce qu'on trouve quand on met les mains dans les entrailles d'un avocat ?*

Mais pour récolter, il faut d'abord bien retourner la terre et semer ce qui va fleurir. Léonie, Aglaé, Coralie, l'avocat – je trouverai une façon de les convoquer dans un endroit idoine. La forêt sera dense, hérissée d'arbres hauts et serrés. Je leur apprendrai une vieille technique qui consiste à révulser les yeux pour bien voir en face le visage du Mal. Et à partir de ce moment, les événements nécessaires se mettront à débouler. Car c'est ce que je suis – c'est ce que nous sommes : les pièces d'une roue qui tourne. Il en va ainsi depuis des siècles. Le cycle se perpétue, ici, ailleurs, partout.

Chaque avant prépare un après. Encore et toujours. Et chaque après devient à son tour un avant. C'est ce que je suis, et c'est ce que sera mon successeur, puis le sien.

Tandis que Léonie referme sur elle-même la porte de la grange, j'entends les vaches meugler à son arrivée. Peuvent-elles sentir, comme moi, que ces yeux que Léonie pose sur elles lui seront bientôt arrachés puis brûlés au chalumeau ?

On trouvera éventuellement mon propre pentacle. Les corps de Léonie, d'Aglaé, de Coralie et de l'avocat en composeront les quatre premiers éléments. Quelqu'un réussira peut-être à effectuer quelques recoupements : les victimes d'Iris Tellier auront eu en commun d'incarner les tares qui, à la fois, alimentent et invoquent le Mal.

Puis interviendra le cinquième élément : l'Esprit. Il me faudra au préalable avoir repéré quelqu'un de sensible, une âme capable d'accueillir la mienne, de l'entendre. De l'écouter. Puis de la comprendre. Je me ferai une **joie** de recevoir la visite de cette personne qui s'intéressera à moi, qui croira que l'initiative de notre rencontre vient d'elle-même. Ensuite elle comprendra ce qu'elle est appelée à devenir. Il faudra qu'elle admet**te** ce qu'elle est : le maillon d'une chaîne sans fin.

Qui sait… cet Esprit, ce pourrait être vous. N'ayez crainte : mes signaux seront clairs et il sera facile de reconnaître mon appel. Après tout, je ne suis jamais très loin, comme un **vois**in fidèle qui veille au grain.

Remerciements

Je souhaite exprimer ma gratitude à Simon Rousseau, qui m'a permis d'entrer dans la famille des auteur.e.s des Contes Interdits. Merci pour sa confiance et sa générosité.

Merci aussi aux autres auteur.e.s de la communauté des Contes pour leur accueil. L'esprit de camaraderie est fort au sein du groupe – et nous avons vu que c'est parfois nécessaire.

Merci à mes lectrices et à mes lecteurs, qui me confirment que mon choix d'écrire du thriller en valait la peine.

Je vous invite à venir me joindre sur ma page Facebook, si vous voulez en apprendre davantage au sujet de mes publications ainsi que des activités qui découlent de ce que j'écris : Steve Laflamme – auteur.

Du même auteur

Le Chercheur d'âme,
Éditions de l'Homme, 2017

Sous un ciel d'abîme,
Éditions de l'Homme, 2019

Les Contes Interdits : Peau d'âne,
Éditions ADA, 2019

Sans la peau,
Éditions de l'Homme, 2021

LES CONTES

INTERDITS

Les 3 p'tits cochons

par Christian Boivin

La petite sirène

par Sylvain Johnson

Blanche Neige

par L.P. Sicard

Peter Pan

par Simon Rousseau

Le joueur de flûte de Hamelin

par Sylvain Johnson

Le petit chaperon rouge

par Sonia Alain

Pinocchio

par Maude Royer

Raiponce

par L.P. Sicard

La reine des neiges

par Simon Rousseau

Le vilain petit canard

par Christian Boivin

Boucle d'or

par Yvan Godbout

La belle au bois dormant

par L.P. Sicard

Rumpelstiltskin

par Maude Rücksthül

Cendrillon

par Sylvain Johnson

La belle et la bête

par Simon Rousseau

Le livre de la jungle

par Maude Royer

La chasse-galerie

par Gabriel Thériault

Scrooge

par L.P. Sicard

Jack et le haricot magique

par Vic Verdier

ADA
GROUPE

www.ada-inc.com
info@ada-inc.com

www.facebook.com/EditionsAdA • www.twitter.com/EditionsAdA